I0657839

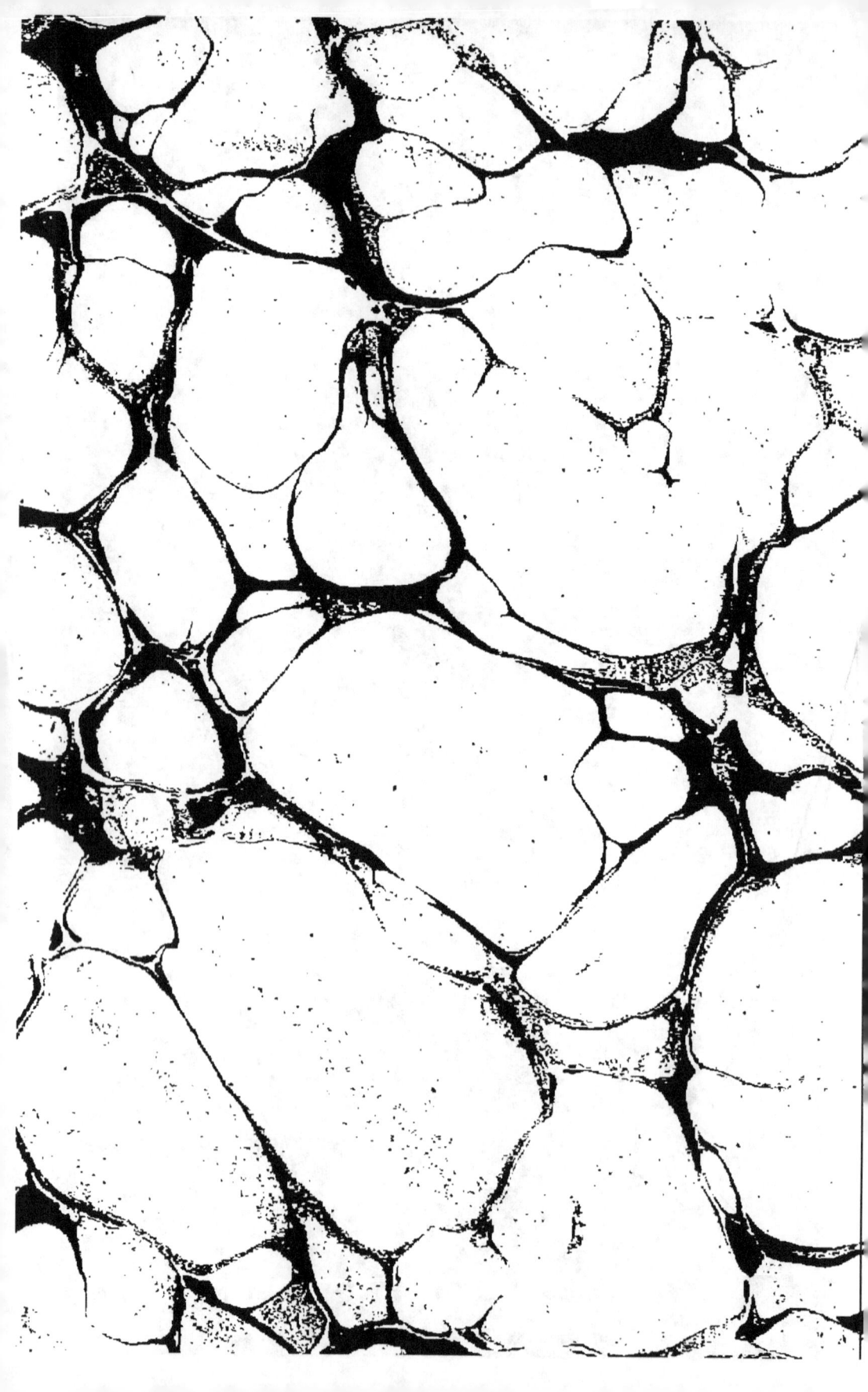

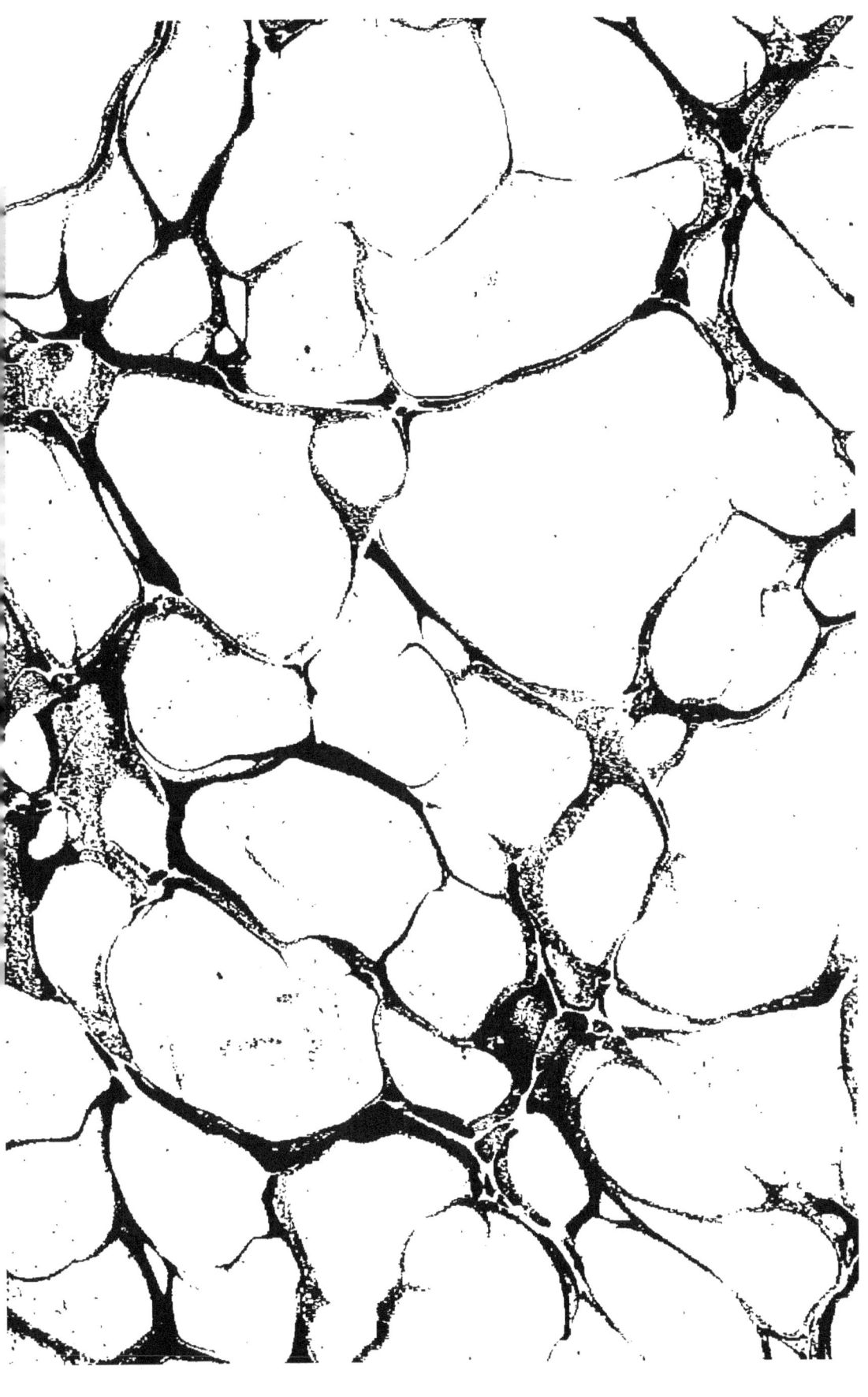

PRIX : **60** centimes.

Nikolai GOGOL

CONTES

ET

NOUVELLES

PARIS

Ernest FLAMMARION, Éditeur

CONTES ET NOUVELLES

ÉMILE COLIN — IMPRIMERIE DE LAGNY

NIKOLAÏ GOGOL

CONTES

ET

NOUVELLES

LA TERRIBLE VENGEANCE
LE NEZ
MÉMOIRES D'UN FOU
LA PLACE ENSORCELÉE

Traduits par HENRI CHIROL

PARIS

ERNEST FLAMMARION, ÉDITEUR

26, RUE RACINE, PRÈS L'ODÉON

LA

TERRIBLE VENGEANCE

Tout un coin de Kiev est plein de bruit et de tapage : l'essaoul (1) Gorobietz célèbre le mariage de son fils. Beaucoup de personnes ont été invitées par l'essaoul. Dans l'ancien temps, on aimait beaucoup bien manger, on aimait encore plus bien boire, et par-dessus tout bien s'amuser. Le Zaporogue (2) Mikitka est venu, sur son cheval bai, en droite ligne, des plaisirs débauchés de Béréchlaia-polé, où il a bu, durant sept jours et

(1) Capitaine de Kosaks.
(2) Peuple kosak.

sept nuits, le vin rouge des gentilshommes du roi de Pologne. Danilo Bouroulebache, frère de l'essaoul, est arrivé également, du rivage au delà du Dniepr, où, entre deux montagnes, se trouve sa terre ; il est accompagné de sa jeune femme Katerina et de son fils âgé d'un an. Les invités ont admiré le visage blanc de la pania (1) Katerina, ses sourcils noirs comme du velours d'Allemagne, son vêtement de fête et sa robe en soie bleue, ses bottes à boucles d'argent ; mais ce qui les a le plus étonnés, c'est que son vieux père ne l'ait pas accompagnée. Voilà seulement un an qu'il vit à Zadniéprovi ; mais durant vingt-et-une années il disparut sans donner de nouvelles, et il revint chez sa fille, quand elle se maria et eut un fils. Il raconta, en vérité, beaucoup de choses extraordinaires. Comment ne pas raconter, quand on est resté longtemps en pays étranger ? Là, tout est différent : les gens ne sont pas les mêmes, et il n'y a pas d'églises chrétiennes... Mais il n'était pas venu.

On servit aux invités un bischof aux raisins

_____

(1) Femme de seigneur, en polonais.

secs et aux prunes, et, sur un grand plat, un gâteau.

Les musiciens en reçurent le dessous, cuit
ensemble avec de l'argent, et, pendant ce temps
se taisant, placèrent autour d'eux les cymbales,
violons et tambourins. Cependant les jeunes filles,
s'étant essuyées de leurs mouchoirs brodés, rom-
pirent leurs rangs ; et les garçons, la main au
côté, regardant fièrement autour d'eux, s'apprê-
taient à aller à leur rencontre, — quand le vieil
essaoul apporta deux icônes pour bénir les jeunes
époux.

Ces icônes lui avaient été données par un
saint ermite, le vieux Varfolomiéi. Elles n'avaient
pas de riches manteaux, ni argent ni or n'y brillait,
mais aucune puissance impure n'osait toucher à
celui qui les possédait chez lui. Elevant les icônes
en l'air, l'essaoul s'apprêtait à dire une courte
prière... quand, tout à coup, les enfants qui
jouaient par terre poussèrent des cris, avec terreur, et, derrière eux, le peuple se recula, tandis
que tous, effrayés, montraient du doigt un Kosak,
qui se tenait debout devant eux. Qui était-ce,
personne ne le savait. Il avait dansé déjà à mer-

veille la kozatchka (1) et réussi à faire rire la foule qui l'entourait; mais quand l'essaoul saisit les icônes, soudain toute la figure du Kosak changea : le nez s'allongea et s'inclina de côté, les yeux qui étaient bruns devinrent verts et sursautèrent, le menton trembla et s'amincit en pointe comme une lance, de la bouche sortit une dent, derrière la tête se leva une bosse, et au lieu du Kosak, on vit — un vieillard.

— C'est lui, le voilà! criait-on dans la foule, en se pressant l'un contre l'autre.

— Le sorcier apparaît de nouveau! — criaient les mères, en saisissant leurs enfants par la main.

Majestueusement, l'essaoul s'avança vers lui et lui dit d'une voix de tonnerre, en approchant de lui les icônes : « Disparais, image de Satan! il n'y a pas de place ici pour toi! » Et, sifflant et claquant des dents comme un loup, le vieillard fantastique disparut.

Les bruits et les discours allaient, allaient, parmi le peuple, et grondaient comme la mer, pendant un orage.

(1) Danse nationale des Kosaks.

— Quel est ce sorcier ? demandaient les jeunes gens et les personnes sans expérience.

— Un malheur arrivera! disaient les vieillards, en secouant la tête. Et, partout, dans la vaste cour de l'essaoul, on se mit à se rassembler en groupes et à écouter des histoires sur le sorcier merveilleux. Mais presque tous parlaient différemment ; car, au fond, personne ne savait rien sur son compte.

On roula par la porte un tonneau d'hydromel et on apporta beaucoup de védros (1) de vin de Grèce. Tout redevint gai. Les musiciens reprirent leurs airs, — les jeunes filles, les femmes, toute l'ardente jeunesse kosake, en surtouts clairs, s'élança. Et les vieux de quatre-vingt-dix et de cent ans, s'enivrant, se mirent aussi à danser, ne pensant plus aux années écoulées. On festina jusqu'à la nuit avancée, et on festina tellement que, jusqu'alors, on n'avait jamais tant festiné. Les invités commencèrent à se séparer, mais bien peu rentrèrent chez eux ; beaucoup restèrent à coucher chez l'essaoul, dans sa vaste cour ; et un plus

(1) Mesure valant 12 litres.

grand nombre encore s'endormirent sous les bancs, par terre, dans les écuries, alentour des étables : là où la tête d'un Kosak vacilla d'ivresse, là il s'endormit; et on ronfla dans tout Kiev.

II

Une douce lumière éclaire toute la terre : car la lune s'est levée de derrière une montagne. Elle couvre la rive montagneuse du Dniepr comme d'une riche mousseline damassée, blanche comme de la neige ; et l'ombre se retire plus loin dans l'épaisseur des bois de pins.

Au milieu du Dniepr vogue une barque. Deux garçons sont assis sur le devant, leurs noirs bonnets kosaks sur le côté de la tête, et, sous les rames, comme d'un feu de briquet, l'eau jaillit en tous sens.

Pourquoi les Kosaks ne chantent-ils pas? Pourquoi ne parlent-ils pas de l'arrivée en Ukraine des moines qui baptisent le peuple kosak à la manière catholique, ni du combat que la horde a livré durant deux jours près du lac Solenii? Mais comment pourraient-ils chanter, ou causer de ces faits malheureux ? En effet, leur pan (1) Danilo réfléchit, et la manche de son surtout cramoisi pend hors de la barque et pompe l'eau ; leur pania Katerina berce doucement l'enfant et ne le quitte pas des yeux, tandis que l'eau couvre d'une poussière grise la robe de fête, qu'aucune toile ne protège.

Rien d'agréable comme de regarder, du milieu du Dniepr, vers les hautes montagnes, les larges prairies, les bois verdoyants ! Les montagnes ne sont pas des montagnes : elles n'ont pas de bases ; en bas comme en haut est un sommet aigu, et dessous comme dessus on voit le ciel élevé. Les bois, qui se trouvent sur les coteaux, ne sont pas des bois : ce sont des cheveux, couvrant la tête poilue d'un vieux sylvain. Au-dessous de cette tête, une barbe flotte dans l'eau, et sous la barbe et sur les cheveux, c'est le ciel élevé. Les prés ne sont pas des prés : c'est la verte ceinture, qui

(1) Mot polonais voulant dire : Seigneur.

coupe par le milieu le ciel rond ; et dans la partie supérieure et dans l'inférieure se promène la lune (1).

Le pan Danilo ne regarde pas alentour de lui; il regarde sa jeune épouse.

— Pourquoi, ma jeune femme, ma Katerina adorée, t'abandonnes-tu au chagrin?

— Je ne m'abandonne pas au chagrin, mon pan Danilo ! Les merveilleux récits sur le sorcier m'ont troublée. On dit qu'il est né si effrayamment... et qu'aucun des enfants ne voulait jouer avec lui. Ecoute, pan Danilo, comme on en dit des choses terrifiantes : il lui semble toujours que tout le monde se moque de lui ; s'il rencontre, par un soir sombre, un homme quelconque, il paraît qu'aussitôt il ouvre la bouche et montre les dents; et le lendemain, on trouve cet homme mort. Quand j'ai entendu tous ces récits, cela m'a étonnée et effrayée, répondit Katerina, en prenant son mouchoir et en essuyant le visage de son enfant dormant dans ses bras.

(1) N. Gogol veut parler ici du reflet des montagnes dans le Dniepr.

Sur le mouchoir étaient brodées en soie rouge des feuilles et des baies.

Le pan Danilo ne répondit pas et se mit à regarder la rive sombre; au loin, d'une forêt, un rempart de terre surgissait en masse noire, et sur le rempart s'élevait un vieux château. Trois plis se creusèrent sur les sourcils du pan, et sa main gauche tortilla ses moustaches juvéniles.

— Ce n'est pas tant le sorcier en lui-même qui est effrayant, dit-il; le plus terrible, c'est quand il vient en méchant hôte. Quelle folie pour lui de s'être traîné ici? J'ai entendu dire que les Liakhs (1) veulent construire une forteresse, pour nous barrer la route des Zaporogues. Plaise à Dieu que ce soit vrai!... Je vais balayer ce nid du diable, si seulement court le bruit qu'il y a quelque repaire. Je vais brûler le vieux sorcier, tellement qu'il n'y en aura plus une miette à becqueter pour les corbeaux. Je pense, pourtant, qu'il doit avoir de l'or et des richesses... Voilà où vit ce démon!... Voilà que nous voguons près de croix — c'est un cimetière! Ses aïeux impurs y

_____

(1) Polonais.

pourrissent. On dit qu'ils étaient tous prêts à se vendre à Satan pour de l'argent, avec leur âme et leurs surtouts déchirés. S'il a véritablement de l'or, il n'y a pas de temps à perdre ; on ne s'enrichit pas tous les jours à la guerre...

— Je sais ce que tu médites : une rencontre avec lui ne me présage rien de bon. Voilà que ta respiration est lourde, tes yeux sont durs, tes sourcils se pressent sur tes yeux d'un air morne!...

— Tais-toi, femme! dit Danîlo avec colère ; celui qui discute avec vous devient lui-même femme. Garçon, donne-moi du feu de ta pipe...

Il se retourna vers l'un des rameurs, qui, piquant la cendre chaude dans le fond de sa pipe, en jeta une pincée dans celle de son pan.

— Vais-je m'effrayer d'un sorcier! continua le pan Danilo. Un Kosak, grâce à Dieu, ne craint ni les diables ni les moines ! Nous serions bien, si nous nous mettions à écouter les femmes. N'est-ce pas vrai, garçons? notre femme, — c'est notre pipe et notre sabre tranchant!

Katerina se tut, et jeta les yeux sur l'eau endormie ; mais le vent en couvrit alors la surface de

rides, et tout le Dniepr s'argenta, comme une fourrure de loup au milieu de la nuit.

La barque tourna sur le côté et commença à
côtoyer le rivage boisé. On aperçut bientôt un
cimetière : des croix antiques se pressèrent en
foule. Aucune viorne ne croissait parmi elles; aucune herbe verte n'y apparaissait ; seule, la lune
les éclairait, du haut du ciel.

— Entendez-vous des cris, garçons? Quelqu'un
appelle au secours ! dit le pan Danilo, se retournant vers ses rameurs.

— Nous entendons les cris, et, semble-t-il, de
ce côté, répondirent ensemble les garçons, en
montrant le cimetière.

Mais tout se tut. Le canot se détourna et se mit
à suivre le promontoire.

Tout à coup, les rameurs laissèrent échapper
les rames et s'arrêtèrent les yeux fixes. Le pan
Danilo resta immobile : une sueur froide courut
dans les veines kosakes.

Une croix oscilla sur sa tombe, et de celle-ci
sortit lentement un mort desséché. Sa barbe pendait jusqu'à la ceinture ; à ses doigts étaient des
ongles plus longs que les doigts eux-mêmes. Il

tendit lentement ses mains vers le ciel. Tout son visage tremblait et grimaçait. On voyait qu'il devait endurer une horrible souffrance. « J'étouffe ! j'étouffe ! » gémit-il d'une voix bizarre, qui n'avait rien d'humain. Sa voix, comme un couteau, fendait le cœur ; le mort soudain rentra sous terre.

Une autre croix vacilla, et un nouveau mort sortit, encore plus effrayant et plus grand que le précédent ; sa barbe allait aux genoux, et ses ongles, faits d'os, étaient encore plus longs. Il cria encore plus sauvagement : « J'étouffe ! » et il disparut sous terre.

Une troisième croix remua, et un troisième mort se leva. Il semblait que ses os seuls s'élevaient sur la terre. Sa barbe tombait à ses talons ; ses doigts aux ongles longs labouraient le sol. Il tendit effrayamment ses mains en l'air, comme s'il voulait atteindre la lune, et il poussa un tel cri qu'on eût pensé que quelqu'un lui sciait ses os jaunis...

L'enfant, qui dormait dans les bras de Katerina, poussa un cri et s'éveilla ; la pania, elle aussi, poussa un cri ; les rameurs laissèrent tomber leurs bonnets dans le Dniepr; le pan lui-même frissonna.

Soudain, tout disparut, comme si rien n'était ; pourtant, les garçons restèrent longtemps sans reprendre leurs rames. Bouroulebache regarda avec tendresse sa jeune femme, qui, pleine d'effroi, balançait dans ses bras son enfant qui pleurait, la serra sur son cœur et l'embrassa sur le front. « Ne crains rien, Katerina ! Regarde : il n'y a rien ! dit-il, en lui montrant la rive. Le sorcier veut effrayer le monde, afin que personne ne vienne à son nid impur. Mais il n'effraye ainsi que les femmes ! Donne-moi mon fils ! »

A ces mots, le pan Danilo leva son fils en l'air et l'éleva à ses lèvres : « N'est-ce pas, Ivan, tu ne crains pas le sorcier ? — Non ! — Réponds : « Papa, je suis un Kosak ! » — Cesse de pleurer ! Nous retournons à la maison ! nous retournons chez nous. — Ta mère te donnera du gruau, te placera dans ton berceau, et chantera :

Berce, berce, berce,
Berce, petit enfant, berce-toi
Et grandis, pour notre joie,

Pour la gloire du peuple kosak
Et le châtiment des ennemis...

» Ecoute, Katerina : il me semble que ton père ne veut pas vivre en bon accord avec nous. Il est arrivé rébarbatif, morose, comme s'il était fâché... allons, s'il est arrivé mécontent, pourquoi est-il venu? Il n'a pas voulu boire à la liberté kosake ! Il n'a pas touché l'enfant des mains! D'abord je voulais lui dire tout ce que j'ai sur le cœur, mais cela ne réussit pas, et je bégayai. Non! il n'a pas un cœur kosak! Comment des cœurs kosaks, quand ils se rencontrent quelque part, ne bondiraient-ils pas l'un vers l'autre ? Allons, mes garçons, vite au rivage ! Je vous donnerai des bonnets neufs. A toi, Stetzeko, je t'en donnerai un en velours brodé d'or. Je le prendrai ensemble avec la tête d'un Tatar; tout son attirail me restera; je rejetterai seulement son âme bien volontiers. Allons! amarrez! Voilà, Ivan, que nous sommes arrivés et tu pleures toujours! Prends-le, Katerina ! »

Tous débarquèrent. De derrière la montagne, surgissait une maison de chaume; c'était le manoir de famille du pan Danilo. Derrière lui se trouvait encore une montagne, mais aussi des champs, et on aurait pu parcourir cent verstes sans y rencontrer un seul Kosak.

III

Le domaine du pan Danilo se trouve situé entre deux montagnes, dans un étroit vallon qui descend vers le Dniepr. Son manoir n'est pas élevé; il a l'aspect d'une chaumière, comme pour les simples Kosaks, et, à l'intérieur, il n'a qu'une seule chambre. Mais il y a là de quoi loger lui, sa femme, une vieille servante et dix jeunes gens choisis. Autour des murs, en haut, sont des rayons de chêne. Sur ces rayons se pressent des marmites et des pots pour les aliments. Au milieu, on voit aussi des coupes d'argent et des verres ciselés d'or, reçus en cadeau ou conquis à la guerre. Au-dessous, sont suspendus de riches mousquets, des sabres, des arquebuses, des lances; de gré ou de force, ces armes furent prises sur les Tatars, les Turcs et les Liakhs ; aussi, beaucoup sont ébréchées. En les regardant, le pan Danilo, comme devant des inscriptions, se rappelle ses combats. Le long du mur, en bas, des bancs de chêne poli ; tout auprès, devant le poêle, est le berceau, suspendu à des cordes qui s'enroulent autour d'un anneau fixé au plafond. Dans toute la chambre, le plancher poli est frotté et ciré à la terre glaise. Sur les bancs se couchent le pan Danilo et sa femme ; sur le poêle repose la vieille servante ; dans le berceau, s'amuse et s'endort au bruit d'une chanson le petit enfant ; sur le plancher dorment les jeunes gens. Mais un Kosak préfère dormir sur la terre unie, à ciel ouvert ; il n'a besoin ni de lit de plume ni d'oreiller ; il place sous sa tête un peu de paille fraîche et s'allonge à son aise sur l'herbe. Il lui est agréable, quand il se réveille au milieu de la nuit, d'apercevoir le ciel profond constellé d'étoiles et de frissonner au froid de la nuit, qui rafraîchit les membres ; alors, en s'allongeant et marmottant à travers son sommeil, il allume sa pipe et s'enroule plus étroitement dans sa chaude pelisse.

Bouroulebache ne se réveilla pas de bonne

heure, après le festin de la veille, et, une fois levé, s'assit sur un bout du banc, et se mit à aiguiser un nouveau sabre turc, qu'il avait troqué contre une autre marchandise ; et la pania Katerina entreprit de broder d'or un mouchoir de soie.

Soudain, le père de Katerina entra, en colère, les sourcils froncés, une pipe étrangère entre les dents ; il alla vers sa fille, et lui demanda durement pour quelle cause elle était rentrée si tard chez elle.

— Pour cette affaire, beau-père, c'est moi, et non elle, qu'il faut interroger. Ce n'est pas la femme, mais l'homme, qui est responsable. Chez nous, cela est ainsi, ne t'en fâche pas ! dit Danilo, sans quitter son ouvrage. Peut-être que dans certaines contrées du Nord les choses vont autrement, — cela je l'ignore.

Une rougeur de colère couvrit le visage du beau-père, et ses yeux brillèrent d'une façon bizarre :

— Qui donc, sinon le père, doit s'occuper de sa fille ? marmotta-t-il en lui-même. Alors, je t'interroge toi-même : où as-tu couru jusqu'au milieu de la nuit ?

— Ah ! voilà donc l'affaire, cher beau-père !

Mais je dois te dire à ce sujet que, depuis déjà longtemps, je ne fais plus partie de ceux que les vieilles femmes emmaillotent. Je sais me tenir à cheval; je sais aussi manier dans ma main un sabre tranchant, et je sais encore quelque chose... Je sais ne donner à personne les raisons de ce que je fais.

— Je vois, Danilo, et je sais que tu aimes les disputes. Celui qui se cache doit avoir, à coup sûr, de mauvaises intentions.

— Pense ce que tu veux, répondit Danilo, et je pense de même. Grâce à Dieu, je n'ai encore jamais trempé dans une affaire déshonorante; je me suis toujours levé pour la foi orthodoxe et pour la patrie, et non pas comme certains vagabonds qui errent, Dieu sait où, quand les orthodoxes vont à la mort, et ensuite, qui reviennent ravir à ceux-ci le blé qu'ils ont semé. Ils ne ressemblent même pas aux uniates; ils n'entrent jamais dans l'église de Dieu. A ceux-là, il est nécessaire de demander où ils vont.

— Eh! Kosak! sais-tu... Je suis mauvais tireur : à cent sagènes (1) ma balle traverse le cœur; au

(1) Mesure valant deux mètres.

sabre, je suis médiocre : d'un homme, je taille des morceaux plus menus que le gruau dont on fait la kacha (1).

— Je suis prêt, dit le pan Danilo, brandissant hardiment son sabre en l'air, comme s'il l'avait aiguisé exprès pour cette occasion.

— Danilo! s'écria vivement Katerina, le saisissant par la main et s'y suspendant, rappelle-toi, insensé, regarde sur qui tu lèves la main. Toi, père, tes cheveux sont blancs comme la neige, et tu t'emportes ainsi qu'un garçon qui perd la tête !

— Femme! s'écria avec menace le pan Danilo, tu sais que je n'aime pas cela ; fais ton ouvrage de femme !

Les sabres résonnèrent terriblement; le fer frappa le fer, et une pluie d'étincelles entoura les Kosaks. Eplorée, Katerina se sauva dans une autre pièce, se jeta sur un lit et se couvrit les oreilles, pour ne pas entendre le choc des sabres. Mais les Kosaks se battaient trop bien, pour qu'il fût possible d'assoupir leurs coups. Son cœur bat-

(1) Soupe au gruau.

tait à se rompre ; dans tout son corps, elle ressentait les bruits : touk ! touk ! « Non, je ne souffrirai pas, je ne les laisserai pas... Peut-être que déjà le sang vermeil coule à flots des corps blancs ; peut-être qu'en ce moment mon bien-aimé perd ses forces, et moi, je reste ici ! » Et toute tremblante, perdant presque connaissance, elle rentra dans la chaumière.

Les Kosaks se battaient terriblement et à forces égales ; ni l'un ni l'autre ne l'emportait. Tantôt le père de Katerina attaquait, — le pan Danilo se dérobait ; tantôt le pan Danilo attaquait, — le rude père se dérobait ; et ils se trouvaient de nouveau sur la même ligne. Ils écumaient. Ils levèrent les bras... ouk ! Les sabres résonnèrent..., et, avec bruit, les lames volèrent sur les côtés.

— Je te remercie, mon Dieu ! dit Katerina. Mais elle poussa un nouveau cri, en voyant les Kosaks saisir des mousquets. Ils placèrent les silex, et amorcèrent les chiens.

Le pan Danilo tira, — il manqua le but. Le père mit en joue... Il est vieux, ne voit pas très bien comme un jeune homme ; sa main pourtant ne tremble pas. Il tire, le coup résonne... Le pan Danilo vacille ; un sang vermeil rougit la manche gauche de son surtout.

— Non ! s'écria-t-il, je ne me livrerai pas à si bon compte ! Ce n'est pas la main gauche, mais la droite qui est importante. J'ai, pendu au mur, un pistolet turc : dans toute ma vie il ne m'a jamais trahi. Descends du mur, vieux camarade ; rends-moi un nouveau service.

Danilo étendit la main.

— Danilo ! cria Katerina avec désespoir, en le saisissant par la main et se jetant à ses genoux, je ne te supplie pas pour moi ! Car ma mort sera prompte : celle-là est une mauvaise femme qui survit à son époux ; le Dniepr, le Dniepr glacé sera ma tombe... Mais regarde ton fils, Danilo ! pense à ton fils ! Qui réchauffera le malheureux enfant ? Qui le caressera ? Qui lui apprendra à voler sur un cheval noir, à se battre pour la liberté et pour la foi, à boire et à se divertir, comme un Kosak ? Meurs, mon fils, meurs ! Ton père ne veut pas te connaître. Vois comme il détourne la tête !... Oh ! à présent je te connais ! Tu es une bête féroce, et non un homme ! Tu as un cœur de loup, une âme de vermine ! Je pensais qu'il y avait en toi une goutte de pitié, que dans ton cœur de pierre il existait encore quelque sentiment d'humanité. Je me trompais d'une façon insensée! Cela te causera de la joie. Tes os se mettront à danser de plaisir dans la tombe, quand ils entendront comme les Liakhs, bêtes impies, jetteront ton fils dans le feu, comme ton fils criera sous les couteaux! Oh! je te connais! Tu en seras ravi dans ton cercueil, et tu exciteras de ton bonnet le feu qui brûlera sous lui!

— Arrête, Katerina! Viens, mon Ivan chéri, que je t'embrasse! Non, mon enfant, personne ne touchera tes cheveux! Tu grandiras pour la gloire de la patrie; comme l'orage, tu galoperas devant les Kosaks, le bonnet de velours sur la tête, le sabre tranchant à la main! Donne la main, père! Soyons entre nous comme auparavant! Ce que je t'ai fait est injuste, — je le reconnais. Me donneras-tu la main? dit Danilo au père de Katerina, qui restait au même endroit, ne laissant paraître sur son visage ni colère ni réconciliation.

— Père! s'écria Katerina, le saisissant et l'embrassant; ne sois pas inflexible, pardonne à Danilo; il ne te contrariera plus!

— Pour toi seule, ma fille, je pardonne! répondit-il; et tandis qu'il l'embrassait, ses yeux brillèrent étrangement.

Katerina frissonna un peu : le baiser lui semblait étonnant, et la lueur des yeux singulière. Elle s'accouda sur la table, sur laquelle le pan Danilo pansait sa main blessée; celui-ci, changeant d'avis, réfléchissait qu'il avait mal fait et non agi comme un Kosak, en demandant pardon, quand il n'était coupable de rien.

IV

Le jour se leva, mais sans soleil : le ciel se couvrit, et une pluie fine tomba sur les prés, sur les bois, sur le large Dniepr. La pania Katerina se réveilla, l'âme chagrine : ses yeux étaient rouges, et tout son être inquiet et troublé. « Mon cher mari, mon mari bien-aimé ! j'ai eu un songe effrayant ! »

— Quel songe, ma Katerina chérie ?

— Ce que j'ai rêvé est effrayant, et pourtant il me semblait être réveillée. J'ai rêvé que mon père est ce même monstre, que nous avons vu chez l'essaoul. Mais, je t'en prie, ne crois pas à ce songe : que de stupidités n'apparaîssent pas en rêve ! Je me tenais devant lui, toute tremblante ;

j'avais peur, et chacune de ses paroles me tordait les nerfs. Si tu savais ce qu'il m'a dit...

— Que t'a-t-il dit, ma Katerina adorée?

— Il m'a dit : « Regarde-moi, Katerina ; je suis très beau. C'est à tort que les gens prétendent que je suis laid. Je te serai un mari parfait. Vois comme mes yeux brillent! » Il tourna vers moi ses yeux ardents; je poussai un cri et je m'éveillai.

— Oui, les songes disent souvent la vérité. Sais-tu que derrière la montagne, ce n'est rien moins que tranquille? Les Liakhs recommencent à jeter les yeux de notre côté. Gorobietz m'a envoyé dire de prendre garde; c'est à tort qu'il s'inquiète, car, sans cela, je veille toujours. Mes jeunes hommes ont cette nuit fait douze abatis d'arbres. Nous les recevrons avec des pruneaux de plomb, et les seigneurs polonais danseront au son du bâton.

— Et mon père, sait-il cela?

— Ton père me pèse sur les épaules! Jusqu'à présent je n'ai pu le comprendre. Il a commis sûrement, en terre étrangère, beaucoup de crimes. Pour quelles raisons, par le fait, vit-il ainsi depuis un mois sans s'amuser jamais, comme un honnête Kosak? Il n'a pas voulu boire d'hydromel! Tu en-

tends, Katerina : il a refusé de boire l'hydromel
que j'ai pris à des juifs de Brestov. — Eh ! garçon !
cria le pan Danilo, cours à la cave, enfant, et apporte-moi de l'hydromel juif ! Il ne boit pas non
plus d'eau-de-vie de grains ! Quel malheur ! Il me
semble, pania Katerina, qu'il ne croit pas au
Christ notre Seigneur ! Dis ? Que t'en semble-t-il ?

— Dieu saint ! que dis-tu, pan Danilo ?

— C'est bizarre, pania ! continua Danilo, en
prenant des mains du Kosak un pot de terre ; les
catholiques impurs eux-mêmes aiment l'eau-de-
vie ; seuls les Turcs n'en boivent pas. Eh bien !
Stetzeko, tu as bu pas mal d'hydromel à la cave ?

— J'y ai seulement goûté, pan !

— Tu mens, fils de chien ! Vois comme les mouches assaillent tes moustaches ! Je vois dans tes
yeux que tu en as pris un demi-vedro (1). Ah ! les
Kosaks ! Quel mauvais peuple ! Il est toujours prêt
à donner à un camarade, mais il tarit tout ce qui
est liquide. Et moi, pania Katerina, depuis longtemps, je n'ai pas été ivre. Dis ?

— Voilà longtemps ! Mais pour la dernière...

(1) C'est-à-dire six litres.

3

— Ne crains rien, ne crains rien, je ne boîrai plus de pots ! Mais voici que le prêtre turc ouvre la porte !... dit-il entre ses dents, en voyant son beau-père qui arrivait à la porte.

— Mais qu'est-ce donc, ma fille? dit le père en enlevant son bonnet de sa tête, et rectifiant sa ceinture, à laquelle pendait un sabre aux pierres bizarres; le soleil est déjà haut, et ton repas n'est pas prêt.

— Le repas est prêt, père pan ; nous allons nous installer. Prends un pot de galouchki! dit la pania Katerina à la vieille servante, qui essuyait la vaisselle de bois; ou plutôt, attends, je vais le prendre moi-même; et toi, appelle les garçons.

Tous s'assirent par terre en cercle : sous la fenêtre le pan père, à sa main gauche le pan Danilo, à sa droite la pania Katerina, et les dix loyaux jeunes gens, en surtouts bleus et jaunes.

— Je n'aime pas ces galouchki! dit le pan père, mangeant un peu et remettant sa cuillère, cela n'a aucun goût!

— Je sais que tu préfères la lapcha (1) juive,

_____

(1) Pâte semblable au vermicelle.

pensa en lui-même Danilo. Pourquoi donc, beau-père, continua-t-il à haute voix, pourquoi dis-tu que les galouchki n'ont aucun goût ? Veux-tu dire qu'ils sont mal faits ? Ma Katerina les fait comme l'hetman (2) lui-même en mange rarement de tels. Pourquoi les dédaigner ? C'est une nourriture chrétienne ! Tous les gens pieux et les saints ont mangé des galouchki...

Le père ne répondit rien, te le pan Danilo se tut.

On servit un sanglier rôti avec du chou et des prunes :

— Je n'aime pas le porc ! dit le père de Katerina, en prenant une cuillerée de chou.

— Pourquoi ne pas aimer le porc ? dit Danilo ; seuls les Turcs et les Juifs ne mangent pas de porc.

Le père fronça les sourcils.

Il mangea seulement un seul gâteau avec du lait, et but, au lieu d'eau-de-vie, une certaine eau noire, contenue dans une gourde, qu'il portait sur son sein.

Après le repas, Danilo s'endormit d'un sommeil

(1) Chef des Kosaks.

profond et ne se réveilla que vers le soir. Il s'assit
et se mit à écrire des listes pour l'armée kosake,
tandis que la pania Katerina, assise sur le poêle,
poussait du pied le berceau.

Le pan Danilo était assis ; il regardait de l'œil
gauche sur son papier et du droit par la fenêtre.
Il voyait, de là, briller au loin les montagnes et le
Dniepr ; au delà du Dniepr, des forêts bleuissaient ;
au-dessus le ciel serein de la nuit éclairait le tout.

Mais le pan Danilo ne regardait pas le ciel profond ni les forêts bleues ; son œil se fixait sur le
promontoire où noircissait le vieux château. Il
était surpris d'apercevoir un feu briller par une
petite fenêtre. D'ailleurs, tout disparut bientôt ;
ce n'était, sûrement, qu'une illusion. On ne perce-
vait que le bruit du Dniepr grondant sourdement
en dessous, et l'attaquant des trois côtés de ses
flots montant l'un sur l'autre. Le Dniepr ne se
soulève pas ; mais, comme un vieux, il grogne et
murmure ; tout ne lui plaît pas ; tout change autour de lui ; il ronge doucement les montagnes
qui sont sur ses rives, les bois et les prés et apporte
ses plaintes à la mer Noire.

Voilà que sur le large fleuve apparut une

vins d'un festin de garçons ? Ne t'ai-je pas donné un fils aux sourcils noirs ?...

— Ne pleure pas, Katerina ; je te connais à présent et je ne te quitterai pas pour pareille chose. Toute ma colère retombe sur ton père.

— Non, ne l'appelle pas mon père ! Il n'est pas mon père. Dieu en est témoin, je le renie, je le renie comme mon père ! C'est l'antechrist, c'est un apostat ! Qu'il disparaisse, qu'il se noie, je ne tendrai pas la main pour le sauver ; qu'il s'empoisonne d'une herbe mauvaise, je ne lui donnerai pas d'eau à boire. C'est toi seul qui es mon père !

VI

Dans la cave profonde du pan Danilo, derrière trois serrures, le sorcier est attaché par des chaînes de fer ; et, au loin, au dessus du Dniepr, flambe son château diabolique, et les flots rouges comme du sang grondent et se pressent autour des vieux murs.

Ce n'est pas à cause de ses sorcelleries et de son impiété que le sorcier est enfermé dans la profonde cave : pour ces choses, Dieu seul sera son juge ; il est là pour une trahison secrète, pour une alliance avec les ennemis de la terre russe orthodoxe, — il a voulu livrer aux catholiques le peuple de l'Ukraine et faire brûler les églises chrétiennes.

Le sorcier est morose ; dans sa tête roulent des

idées noires comme la nuit ; il ne lui reste plus qu'un seul jour à vivre, car demain il sera temps pour lui de dire adieu à la terre, demain l'attend son châtiment.

Et ce châtiment ne sera pas léger ; ce sera encore de la bonté si on le cuit vivant dans une marmite ou si on lui arrache la peau.

Le sorcier est morose et penche la tête. Peut-être se repent-il devant le moment de la mort ; mais ses crimes sont tels que Dieu ne peut les pardonner. Au-dessus de lui, se trouve une étroite fenêtre grillée de barres de fer. Faisant résonner ses chaînes, il s'efforce de regarder par cette fenêtre, si sa fille ne passe pas. Elle est douce, miséricordieuse comme une colombe : n'aurait-elle pas pitié de son père ?... Mais rien. En bas, s'allonge la route ; personne n'y passe. Plus bas, coule le Dniepr ; il n'y a rien à faire avec lui : il mugit, et son bruit résonne lugubrement aux oreilles du prisonnier.

Voici que quelqu'un se montre sur la route, — c'est un Kosak ! — et le prisonnier soupire péniblement. De nouveau tout est désert.

De loin vient une personne... elle a un koun-

touche (1) ; sur sa tête brille un korablik d'or (2)...
C'est elle ! Il se rapproche de la fenêtre.

Elle arrive auprès...

— Katerina ! ma fille ! aie pitié, fais-moi
grâce !...

Mais elle est muette ; elle ne veut pas entendre,
et détourne les yeux de la prison, et déjà elle est
passée, déjà elle a disparu. Tout est désert sur
la terre ; le Dniepr gronde tristement ; un sentiment de tristesse étreint le cœur ; mais est-ce que
le sorcier peut ressentir cette tristesse ?

Le jour s'écoule. Déjà le soleil se couche ; il
disparaît. C'est le soir ; il fait frais ; un bœuf mugit quelque part ; d'un autre endroit arrivent des
bruits ; assurément, le peuple revient de son travail et s'amuse ; sur le Dniepr brille une barque...
à qui peut-elle être aussi utile qu'elle le serait au
prisonnier ? Une serpe d'argent (3) brille dans le
ciel. Voici que du côté opposé au chemin arrive
quelqu'un ; on distingue difficilement dans l'obscurité : c'est Katerina qui revient.

(1) Ancien vêtement de dessus, en usage chez les Polonais.
(2) Ancienne parure de tête.
(3) La lune.

— Ma fille, pour l'amour de Dieu ! les loups cruels ne déchirent pas leur mère ; ma fille, jette au moins un regard sur ton coupable père !

Elle n'écoute pas et passe.

— Ma fille, pour l'amour de ta malheureuse mère !...

Elle s'arrête.

— Viens écouter ma dernière parole !

— Pourquoi m'appelles-tu, apostat ? Ne me nomme pas ta fille ! Entre nous il n'y a pas de parenté. Que veux-tu de moi pour l'amour de ma malheureuse mère ?

— Katerina ! ma fin est proche ; je le sais, ton mari veut m'attacher à la queue d'une jument et me lancer dans la campagne, ou pense peut-être à un supplice encore plus terrible...

— Est-il au monde un supplice qui égale tes crimes ? Attends-le, personne ne peut implorer pour toi.

— Katerina ! le supplice ne m'effraye pas, mais les peines de l'autre monde..... Tu es innocente, Katerina : ton âme volera dans le paradis auprès de Dieu, mais l'âme apostate de ton père brûlera du feu éternel, et jamais ce feu ne s'éteindra : il

brûlera toujours de plus en plus violent ; jamais
une goutte de rosée ne tombera de la main de
quelqu'un, jamais un vent ne soufflera.

— Je ne suis pas maîtresse d'amoindrir ce châtiment, dit Katerina en se détournant.

— Katerina ! écoute encore un seul mot : tu
peux sauver mon âme. Tu ne sais pas assez combien Dieu est bon et miséricordieux. Tu as entendu parler de l'apôtre Paul, qui fut un homme
pécheur, — et devint un saint.

— Que puis-je faire pour sauver ton âme ? demanda Katerina. Est-ce à moi, faible femme, à
réfléchir à cela ?

— Si je réussissais à sortir d'ici, j'abandonnerais
tout. Je ferais pénitence : j'irais dans une caverne ;
je me couvrirais le corps d'un cilice rude, et jour
et nuit je prierais Dieu. Et je ne porterais aucun
aliment gras à ma bouche, ni même un poisson.
Je ne quitterais pas mes vêtements pour me reposer. Et toujours je prierais, je prierais sans cesse !
Et quand la miséricorde de Dieu ne se détourne-
rait plus de moi malgré mes nombreux crimes,
alors je m'enterrerais en terre jusqu'au cou ou
m'enfermerais dans un mur de pierre ; je ne

prendrais ni nourriture ni boisson, et je mourrais ; et je laisserais tout mon bien aux moines pour que, durant quarante jours et quarante nuits, ils célébrassent, pour moi, des services funèbres.

Katerina réfléchit :

— Quand même je t'ouvrirais, je ne pourrais défaire tes chaînes.

— Je ne crains pas les chaînes, répondit-il. Tu dis qu'elles enchaînent mes mains et mes pieds ? Non, je leur ai soufflé un brouillard dans les yeux, et au lieu des mains j'ai tendu un arbre sec. Tiens, regarde : je n'ai plus maintenant aucune chaîne, dit-il en se mettant au milieu de la pièce. Je ne craindrais pas non plus ces murs et m'en échapperais ; mais ton mari ignore quels sont ces murs ; un saint ermite les bâtit, et nulle force impure ne peut tirer un sorcier de là, si on ne lui ouvre avec la même clé dont le saint fermait sa cellule. C'est pourquoi je ne sortirai de cette cellule, misérable pécheur, que lorsqu'on m'en tirera de bon gré.

— Écoute : je vais t'en faire sortir ; mais tu ne me trompes pas ? dit Katerina se tenant devant la porte ; si au lieu de faire pénitence, tu allais retourner vers le diable !

— Non, Katerina ; je n'ai plus longtemps à vivre ; ma fin est proche, même sans supplice. Penses-tu que je me livrerais au châtiment éternel ?

Les serrures grincèrent.

— Adieu ! la miséricorde de Dieu te garde, mon enfant ! dit le sorcier ; et il l'embrassa.

— Ne me touche pas, pécheur inouï ; pars au plus vite !..... dit Katerina.

Mais il avait déjà disparu.

— Je l'ai laissé fuir, dit-elle en examinant les murs ; que vais-je répondre maintenant à mon mari ? Je suis perdue. Il ne me reste plus qu'à me cacher vivante dans la tombe !

Et, sanglotant, elle se laissa presque tomber sur le tronc où s'asseyait le sorcier.

— Mais j'ai sauvé son âme, ajouta-t-elle à voix basse, j'ai accompli une œuvre agréable à Dieu. Pourtant, mon mari..... je l'ai trahi pour la première fois. Oh ! comme ce sera terrible, comme ce sera difficile de lui dire un mensonge ! Quelqu'un vient ! C'est lui ! mon mari ! s'écria-t-elle désespérée.

Et elle tomba par terre sans connaissance.

VII

— C'est moi, mon enfant ! C'est moi, mon petit cœur ! entendit Katerina en revenant à elle ; et elle aperçut devant elle la vieille servante. La baba (1) à genoux marmottait, lui sembla-t-il, quelque chose, et étendant au-dessus d'elle sa main ratatinée, l'arrosait d'eau froide.

— Où suis-je ? demanda Katerina, se levant et regardant autour d'elle. Devant moi gronde le Dniepr ; derrière moi, les montagnes... Où m'as-tu conduite, baba ?

— Je ne t'ai pas conduite, mais retirée ; je t'ai enlevée dans mes bras de la cave où l'on étouffe,

(1) Vieille femme.

et j'ai refermé la porte à clé, afin qu'il ne t'arrive rien de la part du pan Danilo.

— Où est la clé ? demanda Katerina regardant à sa ceinture ; je ne la vois pas.

— Ton mari l'a détachée pour aller voir le sorcier, mon enfant.

— Aller le voir !... Baba, je suis perdue ! s'écria Katerina.

— Que Dieu nous le pardonne, mon enfant ! Mais n'en parle pas, ma pauvre chérie, personne ne saura rien !

— Il s'est enfui, le maudit Antechrist ! Entends-tu, Katerina, il s'est enfui ! dit le pan Danilo en accourant vers sa femme.

Ses yeux lançaient des éclairs ; le sabre, avec fracas, tremblait à son côté. Sa femme devint d'une pâleur mortelle.

— Quelqu'un l'a donc fait sortir, mon cher mari ? demanda-t-elle en tremblant.

— Quelqu'un l'a fait sortir, tu as raison ; mais c'est le diable qui l'a fait sortir ! Vois, à sa place était une poutre enchaînée. Dieu a donc voulu que le diable ne craignît pas les mains kosakes ! Si c'est seulement un de mes Kosaks qui a eu cette

idée et que je l'apprenne... je ne trouverai pas
de châtiment assez grand pour lui !

— Et si c'était moi ? dit involontairement Katerina, qui resta immobile de frayeur.

— Si tu t'en étais avisée, alors tu ne serais plus
ma femme. Je te coudrais dans un sac, et je te
jetterais au milieu même du Dniepr !

Katerina sentit sa tête tourner, et ses cheveux
se dressèrent de terreur.

VIII

Sur une route de la frontière, dans une auberge, les Liakhs sont réunis et font bombance depuis deux jours. Ils sont nombreux, et sont venus certainement pour quelque incursion ; quelques-uns ont des mousquets ; les éperons résonnent, les sabres sonnent. Les pans s'amusent et causent ; ils racontent des choses qui n'ont jamais eu lieu ; ils se moquent des orthodoxes, appellent le peuple de l'Ukraine leurs serfs, et, d'un air terrible, retroussent leurs moustaches, et, gravement, la tête pleine, s'étendent sur les bancs. Au milieu d'eux, est un prêtre ; seulement, chez eux, le prêtre ne ressemble pas aux autres ; et d'aspect, il n'a rien de commun avec un pope chrétien : il boit et s'amuse avec eux, et sa voix impie tient des discours honteux.

Et les valets ne le leur cèdent en rien ; ils ont retroussé les manches de leurs surtouts déchirés et font les bravaches, comme s'ils étaient quelque chose de convenable. Ils jouent aux cartes, se les lancent au nez, se disputent des femmes étrangères ; des cris, des rixes !...

Les pans se fâchent et renversent les tables ; ils saisissent par la barbe un juif, et lui peignent une croix sur le front ; ils tirent une charge à blanc sur les vieilles femmes et dansent la krakoviak (1) avec leur pope impie. La terre russe n'a pas vu pareil scandale depuis les Tatars ; il est visible que c'est pour la punir que Dieu permet un tel outrage !

Au milieu du tapage général, on entend qu'ils parlent de la terre transdnieprienne, du pan Danilo, de la beauté de sa femme...

Ce n'est pas pour une bonne cause qu'est rassemblée cette racaille !

(1) Quadrille polonais.

IX

Le pan Danilo est assis devant la table, dans sa chambre ; il s'appuie sur le coude et réfléchit. La pania Katerina est assise sur le poêle et chante une chanson.

— Je me sens triste, femme, dit le pan Danilo ; la tête me fait mal, et le cœur également. Je suis pesant. Sûrement, ma mort n'est pas éloignée.

— Oh ! mon époux chéri, appuie ta tête sur moi ! Pourquoi roules-tu ainsi de telles idées noires ? pensa Katerina. — Mais elle n'osa le dire.

Il lui était pénible maintenant de recevoir les caresses de son mari.

— Ecoute, femme ! dit Danilo ; n'abandonne pas mon fils, quand je ne serai plus là. Dieu ne te

5

donnera pas de bonheur, ni en ce monde ni dans
l'autre, si tu l'abandonnes. Il serait trop pénible à
mes os de pourrir dans la terre humide, et encore
plus à mon âme!

— Que dis-tu, mon époux? Ne te moques-tu
pas de nous, faibles femmes? Et maintenant tu
parles comme une de ces femmes. Il te faut vivre
encore longtemps.

— Non, Katerina, mon âme sent la mort proche. Quelque chose de triste se tient sur la terre ;
les temps mauvais sont arrivés! Oh ! je me rappelle, je me rappelle les années écoulées ; elles ne
reviendront plus, c'est sûr. Il vivait encore, l'honneur et la gloire de notre armée, le vieux Ko-
nachevitch! Je vois devant mes yeux défiler les
régiments kosaks! c'était l'âge d'or, Katerina! Le
vieil hetman était assis sur un cheval noir; dans sa
main brillait son bâton de commandement; alentour les chefs, et derrière la marée rouge des Zaporogues. L'hetman commença à parler, — et tout
devint silencieux, comme la tombe. Le vieillard
pleurait, en nous rappelant nos actions et nos combats passés. Oh ! si tu savais, comme nous nous bat-
tions alors avec les Turcs! Sur ma tête est encore

visible une blessure. Quatre balles me traversè-
rent le corps, et aucune des plaies n'est complètement guérie. Combien d'or alors nous gagnions!
Les Kosaks puisaient à pleins chapeaux les pierres
précieuses. Et quels chevaux, Katerina, si tu savais quels chevaux nous prenions alors! Il me
semble que je ne suis pas encore vieux et que mon
corps est robuste ; mais le glaive kosak est tombé
de mes mains, je vis sans rien faire ; et je ne sais plus
pourquoi je vis. Il n'y a plus d'ordre dans l'Ukraine :
les polkovniks (1) et les essaouls (2) se disputent
entre eux, comme des chiens; il n'y a plus au-
dessus d'eux de chef suprême. Notre noblesse a
pris les mœurs polonaises et appris la ruse... vendu
son âme et accepté l'union (3). La juiverie opprime
le malheureux peuple. O temps! temps passé!
Qu'êtes-vous devenues, mes années? Va, garçon,
à la cave, et apporte-moi un gobelet d'hydromel!
Je veux boire à l'ancienne liberté et aux années
coulées !

— Comment recevrons-nous nos hôtes, pan? Du

(1) Colonels.
(2) Capitaines,
(3) L'union avec l'Eglise catholique romaine.

côté des prairies arrivent les Liakhs! dit Stetzeko, en entrant dans la chaumière.

— Je sais pourquoi ils viennent, répondit Danilo, en se levant. Sellez nos chevaux, fidèles serviteurs! Revêtez votre attirail de combat! Sabres au vent! Ne perdez pas de temps à ramasser les balles de plomb : il faut recevoir nos hôtes avec honneur !

Mais les Kosaks avaient à peine eu le temps de monter à cheval et de charger leurs mousquets, que déjà les Liakhs, comme les feuilles qui tombent d'un arbre sur le sol à la fin de l'automne, couvrirent la hauteur.

— Hé! il y a là à qui parler ! dit Danilo, en examinant les gros pans, caracolant fièrement en avant sur leurs chevaux, et couverts d'armures d'or. Je vois qu'encore une fois nous allons nous enivrer de gloire! Réjouis-toi, âme kosake, pour la dernière fois. Réjouissez-vous, garçons : notre jour de fête est arrivé!

Et la fête commence sur la montagne, et le festin dure longtemps : les glaives brillent, les balles sifflent, les chevaux hennissent et piaffent. La tête s'hébète de tapage ; les yeux s'aveuglent de fu-

mée. Tout se confond; mais le Kosak sent quel
est l'ami et quel est l'ennemi ; une balle siffle, —
et un cavalier ardent tombe de cheval; un sabre
brille, — et une tête roule à terre, marmottant des
paroles incohérentes.

Mais, dans le tumulte, le sommet rouge du bonnet du pan Danilo domine tout ; on aperçoit sa
ceinture dorée sur un surtout bleu ; la crinière de
son cheval noir flotte au vent en tourbillon.
Comme un oiseau, il apparaît ici et là ; il crie et
brandit un sabre damasquiné qui de droite et de
gauche fend les épaules. Frappe, Kosak ! Réjouis-
toi, Kosak ! Contente ton cœur juvénile ; mais ne
t'attarde ni aux ceintures d'or ni aux manteaux ;
foule aux pieds l'or et les pierres précieuses! Abats,
Kosak ! Réjouis-toi, Kosak ! mais regarde en arrière : les Liakhs sans honneur mettent déjà le
feu à la chaumière et chassent le bétail épouvanté.
Et, comme l'orage, le pan Danilo retourne en arrière, et le bonnet au sommet rouge brille déjà
près de la chaumière, et la foule s'éclaircit autour
de lui.

Il y a plus de deux heures que Kosaks et
Liakhs se battent; quelques-uns s'arrêtent de part

et d'autre ; mais le pan Danilo ne se fatigue pas
il désarçonne les Liakhs de sa longue lance et foule
sous son cheval fougueux les fantassins. Déjà la
porte se dégage, déjà les ennemis ont commencé
à fuir ; déjà les Kosaks arrachent aux morts leurs
surtouts dorés et leurs riches armures ; déjà
le pan Danilo s'apprête à la poursuite, et
regarde pour appeler les siens... et soudain la
fureur s'empare de lui : il vient d'apercevoir le
père de Katérina. Celui-ci se tient sur la hauteur
et le vise d'un mousquet. Danilo pique son cheval
droit sur lui... Kosak !. tu cours à la mort !... Le
mousquet retentit, — et le sorcier disparaît derrière la montagne. Mais le fidèle Stetzeko a reconnu son habit rouge et sa coiffure bizarre. Le
Kosak chancelle et tombe sur le sol. Le fidèle
Stetzeko se précipite sur son pan ; celui-ci est
étendu par terre, les yeux clos ; un sang vermeil
s'échappe en bouillonnant de sa poitrine. Mais il a
senti son fidèle serviteur, à coup sûr ; il ouvre
doucement les paupières et ses yeux brillent.

— Adieu ! Stetzeko ! dis à Katerina de ne pas
abandonner mon fils ! Et vous non plus, ne l'aban-
donnez pas, fidèles serviteurs ! Et il se tait. L'âme

kosake s'est envolée de son noble corps : les lèvres blêmissent ; le Kosak dort pour l'éternité.

Le serviteur sanglote et fait signe de la main à Katerina :

— Allons, pania, vite : ton pan s'est amusé ; il gît maintenant ivre-mort, sur la terre humide ; de longtemps il ne se dégrisera pas !

Katerina frappe ses mains l'une contre l'autre et s'abat, comme une gerbe, sur le corps inanimé.

— Mon époux ! Tu es donc couché là, les yeux fermés ? Relève-toi, mon bien-aimé faucon, tends ta main ! Soulève-toi ! Regarde au moins encore une fois ta Katerina, remue les lèvres, prononce le moindre mot !... Mais tu te tais, tu te tais, mon pan radieux ! Tu bleuis, comme la mer Noire ! Ton cœur ne bat plus ! Pourquoi es-tu ainsi gelé, mon pan ? Mes larmes, je le vois, ne sont pas assez brûlantes pour pouvoir te réchauffer. Mes plaintes ne sont pas assez bruyantes pour te réveiller ! Qui donc conduira maintenant tes troupes ? Qui donc montera sur ton cheval noir, criera et brandira tes sabres à la tête des Kosaks ? Kosaks ! Kosaks ! où sont votre honneur et votre gloire ? Ils gisent là, les yeux clos, sur la terre humide. Enterrez-moi, enterrez-moi avec lui ! Versez de la terre dans mes yeux ! Clouez des planches d'érable sur ma blanche poitrine ! A quoi bon maintenant ma beauté ?

Elle pleure et se frappe.

Mais tout l'horizon se couvre d'un nuage de poussière : c'est le vieil essaoul Gorobietz qui arrive au secours.

X

Merveilleux est le Dniepr, quand, dans un jour
paisible, ses ondes coulent en liberté et sans bruit
à travers les bois et les monts. Nulle agitation, nul
tapage. On regarde, et on ne sait si marche ou ne
marche pas sa majestueuse masse ; et on s'étonne,
car il semble couler sous un miroir, et son ruban
vert bleu, à la largeur sans mesure, à la longueur
sans fin, s'avance et ondule à travers la verdure.
Le soleil brûlant aime à s'y mirer du haut du ciel
et à plonger ses rayons dans la fraîcheur des eaux
de cristal, et à y refléter clairement les bois qui
couvrent les rives. Les buissons verdoyants s'em-
pressent pêle-mêle avec les fleurs des champs sur
le bord des eaux, et, s'inclinant, y regardent, non

pour se voir et se flatter de leur aspect fleuri,
mais pour sourire au fleuve et le complimenter.
Ils n'osent regarder au milieu même du Dniepr;
personne, sauf le soleil et le ciel bleu, ne l'examine; l'oiseau vole rarement jusqu'au milieu du
Dniepr! Il est splendide; aucune rivière au monde
ne peut se comparer à lui.

Merveilleux encore est le Dniepr, par une
chaude nuit d'été, lorsque tout est endormi:
homme, bête et oiseau; quand Dieu seul majestueusement contemple le ciel et la terre et secoue
son manteau, d'où tombent les étoiles; les étoiles
étincellent et brillent sur le monde, et toutes se
reflètent dans le Dniepr. Il les reçoit toutes dans
son sombre sein; et aucune ne lui échappe, — à
moins de s'éteindre dans le ciel. Une forêt noire
aux corneilles assoupies, des montagnes jadis
éboulées, qui surplombent, s'efforcent de le couvrir de leur ombre longue, — c'est en vain! Rien
au monde ne peut couvrir le Dniepr! Son flot
bleu coule, toujours bleu, au milieu de la nuit
comme en plein jour; on le distingue aussi loin
que peut porter l'œil humain. Se dorlotant et se
resserrant plus près des rives à cause du froid de

la nuit, il a parfois un flot argenté qui brille
comme les raies d'un sabre damasquiné ; mais il
se rassoupit de nouveau, toujours bleu. Merveilleux alors est le Dniepr, et nulle rivière ne lui est
comparable au monde !

Quand dans le ciel les nuages s'amassent en
montagnes, que la forêt noire s'ébranle jusqu'à
ses racines, que les chênes craquent, et que la
foudre, se cassant à travers les nues, éclaire d'un
jet toute la terre, — alors, terrible est le Dniepr.
Les masses d'eau grondent, se heurtent contre les
collines, et avec des gémissements et du tapage
roulent en arrière, pleurent et sanglotent au
loin. Ainsi gémit une mère kosake, dont le fils
part à l'armée ; celui-ci, brave, insouciant, va sur
son cheval noir, le poing sur la hanche et le
bonnet dénoué ; mais elle, sanglotante, court
derrière lui, le saisit par l'étrier, prend le mors
et s'y brise les mains, et pleure à chaudes larmes.

Bizarrement faisaient tache, parmi les flots en
guerre, les poutres brûlées et les pierres sur le
promontoire. Une barque, près d'aborder, battait
contre la rive, s'élevant sur le haut des vagues et
retombant. Quel Kosak avait donc osé se promener

ainsi en barque, à ce moment, où le vieux Dniepr était en furie? Sûrement, celui-là ignorait qu'il avale les gens comme des mouches.

L'embarcation s'amarra, et le sorcier en sortit. Il n'était pas joyeux; la fête funéraire que les Kosaks ont célébrée en l'honneur de leur pan mort lui a été amère. Nombreux sont les Liakhs qui en furent victimes; quarante-quatre pans avec tout leur attirail et leurs surtouts et trente-trois valets ont été taillés en pièces; les survivants ont été conduits en prison pour être vendus aux Tatars.

Il descendit les marches de pierre, au milieu des poutres brûlées, jusqu'à l'endroit profond où il s'était construit une retraite souterraine. Il y entra doucement, faisant craquer la porte, posa un pot sur la table couverte d'une nappe, et y jeta, de ses longues mains, quelques herbes inconnues; il prit ensuite un gobelet, fait du bois d'un arbre magique, avec lequel il puisa de l'eau, et se mit à la répandre, en remuant les lèvres et faisant des conjurations.

Une lumière rose apparut dans la chambre, et alors il fut effrayant de regarder le sorcier. Tout son visage semblait couvert de sang ; seules de profondes rides faisaient des taches plus sombres, et ses yeux étaient comme en feu. Pécheur impie ! Depuis longtemps sa barbe a grisonné, et sa figure s'est ridée ; il est tout desséché, et pourtant il médite toujours des desseins coupables.

Au milieu de la chambre, commença à souffler un nuage blanc, et quelque chose ressemblant à de la joie brilla sur le visage du sorcier ; mais pourquoi tout à coup s'est-il arrêté immobile, la bouche ouverte, n'osant remuer, et pourquoi ses cheveux se dressent-ils sur sa tête ? Dans le nuage, devant lui, est apparue une figure bizarre. Sans être appelée ni évoquée, elle s'est invitée elle-même chez lui ; et pour comble, elle s'éclaircit davantage et promène des yeux vifs. Ses traits, ses sourcils, ses yeux, ses lèvres, — tout cela lui est inconnu ; jamais, durant toute sa vie, il ne l'a vue. Et cela lui paraît terrible, car un insurmontable effroi fond sur lui. Mais la tête inconnue et étonnante, à travers le nuage, le regarde fixement. Le nuage se fond ; mais les traits inconnus paraissent encore plus accusés et les yeux perçants ne se détachent pas de lui. Le sorcier devient tout blanc, comme un linge : il crie d'une voix perçante, qui n'est plus la sienne, renverse le pot...

Tout a disparu.

XI

— Calme-toi, ma sœur chérie! disait le vieil essaoul Gorobietz ; les songes disent rarement la vérité.

— Couche-toi un moment! disait sa jeune bru ; je ferai venir une vieille sorcière, contre qui nulle force ne peut résister : elle t'enlèvera ton trouble.

— Ne crains rien! disait son fils, en tourmentant son sabre, personne ne te touchera.

D'un air sombre, les yeux troubles, Katerina les regarda et ne trouva rien à dire.

— Moi-même j'ai préparé ma ruine, en le laissant s'enfuir! répondit-elle enfin. Je n'aurai plus de repos. Voilà déjà dix jours que je suis avec vous à Kiev et ni mon chagrin, ni mes larmes n'ont cessé.

Je pensais, dans la tranquillité, élever mon fils pour la vengeance... Et voilà qu'en songe il s'est remontré à moi, terrible, terrible ! Dieu vous garde de l'apercevoir ! Mon cœur en bat encore... « Je tuerai ton fils, Katerina ! cria-t-il, si tu ne veux pas te marier avec moi... »

Et, sanglotante, elle se jeta sur le berceau ; mais l'enfant effrayé étendit sa petite main et cria.

Le fils de l'essaoul bouillait et étincelait de colère, en écoutant ce récit. Il sortit, et l'essaoul lui-même, en levant ses yeux perçants, s'écria :

— Qu'il essaie de venir ici, ce maudit antéchrist ; il sentira ce qui reste de force dans les mains d'un vieux Kosak ! Dieu sait si j'ai galopé pour venir secourir notre frère Danilo ! C'était sa sainte volonté ! Il repose dans le lit froid où sont déjà couchés beaucoup de braves du peuple kosak. Est-ce que sa fête funéraire n'a pas été assez belle pour lui ? Avons-nous laissé un seul Liakh en vie ? Tranquillise-toi, mon enfant ! Personne n'osera te toucher, tant que moi et mon fils serons vivants.

En achevant ces mots, le vieil essaoul alla vers le berceau, et l'enfant, à la vue de la superbe pipe, suspendue par une courroie, dans une gaîne d'argent, et du gamane (1) à briquet, étendit vers lui ses menottes et se mit à rire.

— Il tient de son père ! dit le vieil essaoul, en détachant la pipe et en la lui donnant ; il n'est pas encore sorti du berceau, et il pense déjà à fumer une pipe !

Katerina soupira doucement et se mit à balancer le berceau. Ils convinrent de passer la nuit ensemble, et, sans plus tarder, tous s'endormirent ; Katerina s'assoupit également.

Dans la cour et dans l'habitation, tout était tranquille ; seuls veillaient les Kosaks montant la garde. Soudain Katerina, poussant un cri, se réveilla et tous en sursaut avec elle. « Il est mort ! il est tué ! » s'écria-t-elle ; et elle se précipita vers le berceau...

Tous entourèrent le berceau, et restèrent pétrifiés de terreur, en voyant qu'il ne contenait plus qu'un enfant mort.

Et aucun d'eux ne pouvait émettre une parole, hébétés devant ce crime inouï.

(1) Sorte de petit portefeuille, où l'on range le briquet, le silex, l'amadou, le tabac, et parfois aussi l'argent.

6

XII

Loin de la terre d'Ukraine, en allant vers la
Pologne, et laissant de côté la cité populeuse de
Lemberg, sont rangées des montagnes aux cimes
élevées. Entassées l'une derrière l'autre, comme
des chaînes de pierre, elles s'avancent à droite et à
gauche et entourent la terre d'une masse pier-
reuse, comme pour la protéger contre l'invasion
de la mer qui gronde et tonne. Ces chaînes vont
vers la Valachie et la province de Sedmigradski (1),
et étalent leur massif en forme de fer à cheval,
entre les peuples hongrois et galicien. On ne voit
pas de pareilles montagnes de notre côté. L'œil

(1) Transylvanie.

n'ose pas les contempler ; et jamais le pied de
l'homme n'a foulé leur faîte. Leur aspect vous
étonne : la mer paisible sortit-elle un jour d'orage
de ses larges rivages, lançant en tourbillons ses
flots informes, et ceux-ci furent-ils alors pétrifiés,
et restèrent-ils ainsi immobiles dans l'air? ou bien
des nuées pesantes tombèrent-elles du ciel et en-
combrèrent-elles la terre? On ne sait, mais elles
ont une bizarre couleur grise, et leur faîte blanc
brille et étincelle au soleil. Jusqu'aux monts Karpathes on entend la langue russe, et même,
au delà des monts, parfois encore, se prononce
un mot de notre langue; mais la foi n'y est plus
la même et le langage est différent. Là vit le
peuple peu nombreux des Hongrois ; il monte à
cheval, se bat et boit aussi bien que les Kosaks ;
mais pour les harnachements des chevaux et les
riches caftans, il n'est pas long à tirer des ducats
de sa poche.

Entre les montagnes sont de grands lacs. Comme
du verre ils sont immobiles, et, comme une glace,
ils reflètent les sommets nus des montagnes et
leurs pieds verdoyants.

Mais qui donc, au milieu de la nuit, — on ne

sait si les étoiles brillent ou ne brillent pas, —
chevauche sur un cheval noir ? Quel chevalier à
la taille surhumaine galope près des monts, le
long des lacs, reflétant dans les eaux immobiles
son cheval gigantesque, tandis que son ombre
immense s'étend sur les hauteurs ? Sa cuirasse
ciselée brille ; sur l'épaule il porte une lance ; à
sa selle résonne un sabre ; un casque est enfoncé
sur sa tête ; ses moustaches sont noires ; ses yeux
sont fermés et les cils sont baissés ; — il dort, et,
endormi, tient la bride ; et derrière lui est assis
sur le même cheval un jeune page, qui dort
également, et, endormi, se retient après le chevalier.

Qui est-ce ? D'où vient-il ? Pourquoi chevauche-
t-il ? Qui le sait ?

Depuis plus de deux jours déjà il traverse les
montagnes. Quant le jour brille et que le soleil se
lève, il devient invisible ; et seuls, mais rarement,
les montagnards remarquent que sur les monts se
profile une sorte d'ombre allongée ; tandis que le
ciel est clair, et sans nuages.

Mais à peine la nuit ramène-t-elle l'obscurité,
qu'on le revoit de nouveau galoper entre les lacs,

tandis que son ombre s'allonge derrière lui, en tremblant.

Il a déjà traversé beaucoup de monts et monté sur le Krivane. Il n'est pas de montagnes plus élevées parmi les Karpathes : comme un tsar, elle s'élève au-dessus des autres. Le cheval s'arrête là, et le cavalier également ; et il s'enfonce encore plus profondément dans le sommeil, et des nuages qui s'abaissent le cachent aux regards.

XIII

— Plus bas, baba! ne fais pas tant de tapage :
mon enfant est endormi. Longtemps mon fils a
crié, ét, maintenant, il dort. Je vais aller dans la
forêt, baba! Mais pourquoi me regardes-tu ainsi?
Tu es effrayante : de tes yeux sortent des tenailles
de fer... oh! comme elles sont longues! et elles
brillent, comme du feu! Tu es sûrement une
viedma (1)! Oh! si tu es une viedma, alors sors
d'ici! Tu effrayes mon fils. Combien stupide est
cet essaoul, qui pense que je me plais à vivre à
Kiev! Non, mon mari est déjà ici, et mon fils ; qui
donc surveillera notre maison? Je suis partie si
doucement que ni chien ni chat ne m'ont entendue.

(1) Vieille sorcière.

Tu veux, baba, faire la jeune ? Cela n'est pas difficile : il suffit de danser. Regarde, comme je danse...

Et, au milieu de ces paroles incohérentes, Katerina se mit à danser, regardant d'un air hagard de tous les côtés, et s'appuyant les mains sur les hanches.

Elle trépigna des pieds, en poussant des cris ; les ferrures d'argent résonnèrent sans mesure ni cadence. Sur son cou blanc s'agitaient les boucles noires non tressées. Comme un oiseau, sans s'arrêter, elle volait, frappant les mains et hochant la tête, et, semblait-il, elle allait, ses forces diminuant, s'écrouler sur le sol, ou bien perdre connaissance.

La vieille bonne se tenait là, triste, et ses rides profondes étaient pleines de larmes ; une douleur profonde pesait sur le cœur des fidèles garçons, contemplant leur pania. Elle s'affaiblissait complètement, et ne frappait plus que paresseusement les pieds au même endroit, croyant danser la gorlitza (1).

_____

(1) Sorte de danse.

— J'ai un collier, jeunes gens! dit-elle, enfin, en s'arrêtant, et vous n'en avez pas! Où est mon mari? s'écria-t-elle tout à coup, en tirant de sa ceinture un poignard turc. Oh! ce n'est pas un couteau comme il en faut un.

Et ensuite, des larmes, et de l'anxiété, apparurent sur son visage.

— Le cœur de mon père est loin : il ne l'atteint pas. Son cœur est fait de fer; une viedma le lui a forgé dans le feu de l'enfer. Pourquoi mon père ne vient-il pas? Ne sait-il pas que l'heure est venue de sa mort? Je vois qu'il veut que j'y aille moi-même...

Et, sans achever, elle se mit à rire d'une manière effrayante.

— Il m'est venu à l'esprit une histoire plaisante : je me suis souvenue comment on avait enterré mon mari. Savez-vous qu'on l'a enterré vivant... Quel éclat de rire s'est emparé de moi!... Ecoutez, écoutez !

Et, au lieu de parler, elle se mit à entonner une chanson, à mélanger des airs joyeux et tristes, accompagnés de paroles incohérentes...

Voilà déjà trois jours qu'elle vit dans sa maison,

sans vouloir entendre parler de Kiev, sans prier,
fuyant le monde, et errant du matin jusqu'au soir
avancé dans la forêt sombre. Les épines déchirent son visage et ses épaules ; le vent soulève ses
boucles tressées ; les feuilles d'automne bruissent
sous ses pieds, — mais elle ne regarde rien. A
l'heure où tombe le crépuscule, quand les étoiles
ne brillent pas encore et que la lune n'a pas paru,
il est déjà effrayant d'aller dans la forêt : à ce
moment les enfants non baptisés s'égratignent et
s'accrochent aux branches, sanglotent, rient, roulent en boules par les chemins et dans les larges
orties ; des flots du Dniepr s'échappent par bandes
les âmes perdues de jeunes filles ; les cheveux
tombent de la tête verte sur les épaules ; l'eau ruis-
selle avec bruit de ses longs cheveux, et la jeune
fille brille à travers l'onde comme à travers une chemise de verre ; ses lèvres rient bizarrement, ses joues
flambent, ses yeux attirent l'âme... l'âme humaine se sent brûler d'amour, elle veut baiser à
l'envi... Fuis, homme baptisé !... Ces lèvres,
c'est de la glace ; son lit, c'est l'eau froide ; elle
te fera mourir sous ses caresses et t'entraînera
dans la rivière.

Katerina ne regarde rien ; la pauvre folle ne craint pas les Roussalki (1), elle court tard, son couteau à la main, et cherche son père.

Un matin, de bonne heure, arriva un hôte, grand de taille, en surtout rouge, qui s'informa du pan Danilo ; il écouta toute l'histoire, essuya de sa manche ses yeux en larmes et secoua les épaules. Il avait, disait-il, combattu avec le défunt Bouroulebache ; ils guerroyèrent ensemble contre les Criméens et les Turcs ; il n'aurait jamais pensé que le pan Danilo eût pareille fin. L'hôte raconta encore beaucoup d'autres choses et demanda à voir la pania Katerina.

Katerina n'écouta pas d'abord ce que disait l'hôte ; elle se mit pourtant enfin à prêter de l'attention à ses paroles, comme une personne sensée. Il narra comment ils vivaient ensemble Danilo et lui, comme deux frères ; comment ils se dérobèrent une fois aux Criméens sous du foin... Katerina écoutait tout cela, et ne le quittait pas des yeux.

— Elle renaît, pensaient les garçons en la re-

(1) Nymphes des eaux, qui, au printemps, garnissent les branches des arbres, au crépuscule.

gardant, cet hôte la guérit. Voilà qu'elle écoute, comme quelqu'un de raisonnable !

L'hôte se mit à raconter, entre autres choses, que le pan Danilo, lors d'un entretien à cœur ouvert, lui avait dit: « Vois, frère Kopriane; quand, par la volonté de Dieu, je ne serai plus de ce monde, prends ma femme avec toi, et fais-en ta femme. »

Katerina fixa, d'une façon extraordinaire, ses yeux sur lui.

— Ah! s'écria-t-elle, c'est lui ! c'est mon père! Et elle se jeta sur lui son poignard à la main.

Longtemps, il lutta, s'efforçant de lui arracher le glaive ; enfin, il la saisit, leva la main, — et alors s'accomplit une effroyable chose : le père frappa sa fille insensée.

Les Kosaks surpris s'élancèrent sur lui ; mais le sorcier avait déjà eu le temps de sauter sur un cheval et de disparaître aux regards.

XIV

Un prodige inouï se passa à Kiev. Tous les pans et hetmans accoururent l'admirer : soudain l'horizon se rapprocha et on put voir à l'œil nu jusqu'aux confins du monde. Au loin s'apercevait la ligne bleue du Limane, et derrière, la mer Noire. Les gens instruits reconnurent aussi la Crimée, sortant de la mer comme une montagne, et le boueux Sivache.

A main gauche, on voyait la terre gallicienne.

— Mais qu'est-ce cela ? demandait le peuple rassemblé, aux vieilles gens, en apercevant dans le lointain des sommets gris et blancs brillant dans le ciel et plutôt semblables à des nuages.

— Ce sont les monts Karpathes ! répondaient les

vieilles gens, parmi lesquels il y en a de tels, que la neige y dure des siècles, et que les nuages les environnent et les obscurcissent.

Un nouveau prodige éclata à ce moment : les nuages quittèrent le mont le plus élevé, et sur le faîte on put apercevoir un homme à cheval, en costume de chevalier, les yeux fermés, et aussi visible que s'il s'était tenu dans le voisinage.

Alors, parmi le peuple qui s'étonnait et s'effrayait, un homme sauta à cheval, et, regardant vivement de tous côtés comme pour chercher des yeux si quelqu'un ne le poursuivait pas, hâtivement, éperonna sa monture. C'était le sorcier. De quoi s'effrayait-il ainsi ? Ayant contemplé avec effroi le prodigieux chevalier, il avait reconnu en lui la même figure qui, sans être évoquée, lui était apparue, pendant qu'il faisait des sortilèges. Lui-même ne pouvait comprendre pourquoi tout s'était bouleversé en lui à cette vue, et regardant timidement, il galopait à cheval, tandis que le soir n'était pas encore arrivé et que les étoiles ne paraissaient pas encore. Il retournait chez lui, sans doute, pour y interroger la force impure sur la signification d'un tel prodige.

Il voulut faire sauter son cheval par-dessus une étroite rivière, qui s'étendait comme un bras en travers du chemin, quand soudain le coursier s'arrêta net, tourna vers lui son mufle, et — prodige ! — se mit à rire. Les dents blanches brillèrent étrangement en deux rangées, dans l'obscurité. Le sorcier sentit ses cheveux se dresser sur sa tête. Il cria d'une voix perçante, et pleura, comme en délire, puis il lança son cheval droit sur Kiev.

Et, terrifié, il vit que tout le poursuivait de tous côtés pour le saisir : les arbres, l'entourant de leurs sombres bosquets, hochant leurs barbes noires, comme des êtres vivants, et étendant leurs longues branches, s'efforçaient de l'étouffer ; les étoiles semblaient courir devant lui, montrant à tous le criminel ; et la route elle-même paraissait s'élancer sur ses traces.

Le sorcier fuyait, épouvanté, vers Kiev, pour y chercher un refuge dans les saints lieux.

XV

Seul, dans sa caverne, devant une lampe, était assis l'ermite, et il ne levait pas ses yeux de dessus les livres sacrés. Il y avait déjà beaucoup d'années qu'il s'était enfermé dans cet antre ; il s'y était construit un cercueil dans lequel il se plaçait pour dormir, à la place d'un lit.

Le saint vieillard ferma son livre et commença à prier...

Tout à coup, entra un homme d'aspect étonnant, terrible.

Le saint ermite s'étonna pour la première fois et recula, en apercevant un tel homme. Il tremblait de tout le corps comme une feuille de tremble ; ses yeux louchaient effrayamment et un feu terrible s'en échappait ; sa figure épouvan-

7

table causait un frisson jusque dans l'âme.

— Père, prie! prie! cria-t-il avec terreur; prie
pour une âme perdue! et il s'écroula sur le sol.

Le saint ermite se signa, prit un livre, l'ouvrit
et, avec effroi, recula en arrière et laissa tomber
le volume.

— Non, criminel inouï! Il n'y a pas pour toi de
pardon! Fuis d'ici! Je ne puis pas prier pour toi!

— Non? s'écria le criminel, comme fou.

— Regarde: les saintes lettres du livre sont
couvertes de sang... Il n'y a encore jamais eu au
monde pareil pécheur.

— Père! tu te moques de moi!

— Va, maudit, criminel! Je ne ris pas de toi!
La peur s'empare de moi! Il n'est pas bon pour
un homme de se trouver avec toi!

— Non, non! Tu te moques, ne dis pas... Je
vois ta bouche s'entr'ouvrir; tes vieilles dents font
deux rangées blanches!...

Et, transporté de rage, il s'élança — et tua le
saint ermite.

Il éprouva alors une peur indicible. A sa stu-
peur, tout se brouilla; dans ses oreilles et dans
sa tête, il entendait des bruissements comme dans

l'ivresse, et tout ce qui se trouvait devant ses yeux était comme recouvert d'une gaze.

Sautant sur son cheval, il galopa droit vers Kaniev, pensant ainsi, en traversant le pays des Tcherkesses, gagner celui des Tatars et de là la Crimée, sans savoir lui-même pourquoi. Il galopa durant deux jours sans que Kaniev apparût. C'était bien le chemin, et depuis longtemps il aurait dû atteindre cette ville ; mais pas de Kaniev à l'horizon. Au loin, brillèrent des clochers d'églises. Ce n'était pas Kaniev, mais Choumsk. Le sorcier fut étonné d'avoir voyagé juste dans le sens contraire. Il lança son cheval vers Kiev, et, au bout d'une journée, apparut une ville. Ce n'était pas Kiev, mais Galitch, ville encore plus loin de Kiev que Choumsk, et proche déjà des Hongrois. Ne sachant que faire, il fit retourner son cheval en arrière ; mais il sentit de nouveau qu'il allait dans le sens opposé et toujours en avant.

Nulle plume humaine ne peut raconter ce qui se passait dans l'âme du sorcier, et si quelqu'un l'avait vu, il n'aurait plus dormi une seule nuit ni souri une seule fois. Ce n'était ni de la fureur, ni de la crainte, ni du dépit. Il n'y a pas de mot

sur terre pour exprimer cela. Il lui semblait cuire,
brûler ; il aurait voulu piétiner le globe sous les
sabots de son cheval, saisir toute la terre de Kiev
à Galitch, avec ses habitants, avec tout, et la jeter
dans la mer Noire. Mais il ne voulait pas faire
cela par méchanceté ; non, lui-même ne savait
pas pour quelle raison. Il frissonna de tout le
corps quand se dressèrent devant lui les monts
Karpathes et le haut Krivane, couvert, comme
d'un chapeau, d'une nuée grise. Mais le cheval,
s'emportant, galopa vers les montagnes. Les nuées
disparurent tout d'un coup, et le grand cavalier
lui apparut, effroyable...

Il s'efforça de s'arrêter, et tira violemment le
mors ; le cheval hennit étrangement, secoua sa
crinière, et s'élança vers le chevalier. Et le sorcier
fut terrifié de le voir, d'abord comme engourdi,
se remuer et ouvrir brusquement les yeux, regarder le nouvel arrivant, et rire. Comme le tonnerre,
le rire étrange se répercuta dans les montagnes,
et résonna, dans le cœur du sorcier angoissé,
comme s'il était au dedans de lui. Il lui sembla
qu'une force étrangère était entrée dans son
corps, s'y promenait, et frappait le cœur à coups

de marteau, et aussi les artères... tellement ce rire causa en lui d'épouvante.

Le cavalier l'empoigna d'une main terrible et l'enleva en l'air. En un clin d'œil, le sorcier fut mort, et, après sa mort, ouvrit les yeux ; mais c'était maintenant un cadavre, et il regardait comme un cadavre. Jamais vivant ni baptisé n'eurent un tel regard. Il tourna de tous côtés ses yeux privés de vie, et aperçut des morts s'élever de Kiev, du pays de Galitch, des Karpathes, tous semblables à lui comme deux gouttes d'eau.

Blêmes, blêmes, le dernier toujours plus grand que les précédents, toujours plus osseux, ils se rangèrent autour du cavalier, tenant dans la main sa proie vivante.

Le chevalier rit encore une fois, et la jeta dans l'abîme. Et tous les morts s'élancèrent derrière elle, la saisirent et y enfoncèrent leurs dents. Mais le dernier, plus grand et plus effrayant que les autres, voulut sauter également de terre, mais ne put pas, n'en ayant plus la force : alors, le colosse s'enfonça en terre. Et si jamais il se soulevait, il culbuterait les Carpathes, la province de Sedmigradski et le sol turc.

Une fois, il se remua à peine, — et un tremble-
ment secoua toute la terre, les chaumières se ren-
versèrent partout, et beaucoup de personnes furent écrasées.

On entend souvent un sifflement à travers les
Carpathes, comme si un millier de moulins tour-
naient leurs roues dans l'eau : c'est que, dans
l'abîme sans fond que nul homme n'a encore vu,
tant on craint de s'en approcher, les morts tourmentent le mort.

Il arrive souvent que, par toute la terre, le sol
tremble d'un bout à l'autre : cela vient, disent les
gens instruits, de ce que près de la mer se trouve
une montagne d'où s'échappe du feu et découlent
des rivières de lave. Mais les vieillards qui habi-
tent la Hongrie et la terre de Galitch sont mieux
renseignés ; ils savent que c'est le grand mort, le
géant enterré, qui veut se soulever et qui ébranle
le sol.

XVI

Dans la ville de Gloukhov, le peuple se rassembla un jour autour d'un vieux joueur de bandoura (1) et écouta, durant au moins une heure, les accords de l'aveugle sur son instrument. Encore jamais bandouriste n'avait chanté d'histoires aussi effrayantes, ni en même temps aussi bien chanté.

Il célébra d'abord les hauts faits des anciens hetmans, de Sagaïdatchni et de Khmelenitski. En ce temps-là, ce n'était pas comme maintenant : la gloire kosake était à son apogée ; elle foulait ses ennemis aux pieds de ses chevaux et nul n'eût osé s'en moquer.

(1) Ou mandore, sorte de luth à quatre cordes.

Le vieux chanta ainsi des airs joyeux, tournant
ses yeux vers la foule, comme s'il pouvait la voir ;
et ses doigts, armés du petit os, volaient, comme
des mouches, sur les cordes, qui paraissaient
résonner toutes seules; et à l'entour, le peuple,
les vieillards penchant la tête, les jeunes gens,
tous les yeux fixés sur le joueur, chuchotaient
entre eux, et nul ne songeait à rire.

— Ecoutez, dit le vieillard, je vais vous chanter
une histoire du vieux temps.

La foule se pressa encore davantage, et
l'aveugle commença:

« Sous le pan Stépane, prince de Sedmigradski
(ce prince était aussi roi de Pologne), vivaient deux
Kosaks : Ivan et Pierre. Ils vivaient comme deux
frères. « Vois, Ivan, tout ce qui nous arrivera sera
partagé par moitié : quand l'un de nous aura un
plaisir, l'autre l'aura également ; quand l'un de
nous aura un chagrin, l'autre en prendra aussi sa
part ; quand l'un aura du butin, la moitié sera
pour l'autre; si l'un est fait prisonnier, l'autre
vendra tout pour le racheter, et, s'il ne peut,
viendra le rejoindre en captivité. » Et ce fut
ainsi; tout ce que les Kosaks acquirent, ils en

firent deux parts ; quand ils chassèrent des troupeaux ou des chevaux, toujours ils partagèrent.

» Le roi Stépane déclara la guerre aux Turcs. Depuis trois semaines déjà il combattait les Turcs, mais ne parvenait pas à les vaincre. Du côté des Turcs, il y avait un pacha qui, avec dix janissaires, mettait en fuite un régiment entier. Un jour, le roi Stépane déclara que si un homme audacieux allait chercher ce pacha et le lui ramenait mort ou vif, il lui donnerait une récompense plus belle qu'on en donne à toute une armée. «Allons, frère, prendre le pacha ! » dit Ivan à Pierre. Et les deux Kosaks s'en allèrent, l'un d'un côté, l'autre de l'autre.

» Pierre le prit-il ou ne le prit-il pas? Le fait est qu'Ivan ramena le pacha, une corde au cou, devant le roi lui-même. « Brave jeune homme ! » dit le roi Stépane ; et il ordonna de lui donner une récompense comme on en donne à toute une

armée, de lui distribuer autant de terres qu'il en
désirerait et autant de bétail qu'il en souhaiterait.
Quand Ivan reçut son cadeau du roi, il en donna
aussitôt la moitié à Pierre. Celui-ci prit cette
moitié ; mais il ne put prendre sa part de l'estime
que le roi accorda à Ivan, et il résolut de s'en
venger.

* *

» Les deux chevaliers partirent pour la terre
que le roi avait donnée, et qui était située près des
Karpathes. Le Kosak Ivan avait placé son fils sur
son cheval et se l'était attaché après le corps.
Déjà le crépuscule tombait et ils chevauchaient.
Le petit garçon s'endormit ; et Ivan lui-même ne
tarda pas à s'assoupir. Ne t'endors pas, Kosak, les
chemins sont dangereux dans les montagnes !...
Mais le Kosak avait un cheval excellent qui connaissait partout sa route ; jamais il ne trébuchait
ni ne faisait un faux pas. Il y a entre les montagnes un abîme, dont personne n'a jamais vu le
fond ; il y a autant du sol au fond de ce gouffre,
que de la terre au ciel. Sur ce précipice, il y a un

chemin, où deux hommes peuvent peut-être passer
de front, mais pas trois. Le cheval du dormeur
commença à avancer prudemment. Pierre allait à
côté, tout tremblant, et cachant sa joie. Il regarda
derrière lui, et poussa celui qu'il appelait son
frère dans l'abîme. Le cheval avec le Kosak et
l'enfant roulèrent dans le vide.

*

» Le Kosak se rattrapa pourtant à une branche,
et seul le cheval roula jusqu'au fond. Il se mit à
regrimper vers le bord et l'atteignait presque,
quand, en levant les yeux, il aperçut Pierre qui
brandissait sa lance pour le rejeter en arrière. —
« Mon Dieu, toi qui es juste ! n'eût-il pas été
préférable pour moi de ne pas rouvrir les yeux,
plutôt que de voir mon propre frère me repousser
de sa lance dans l'abîme ? Mon Dieu, toi qui es
bon ! c'était peut-être écrit pour moi dès ma
naissance, mais sauve mon fils : qu'a pu faire
ce jeune innocent, pour trouver dans un gouffre
une mort aussi cruelle ? » Pierre rit, et le repoussa
de sa lance ; et le Kosak avec l'enfant dégringola

dans l'abîme. Pierre garda pour lui seul tout le bien et se mit à vivre comme un pacha. Jamais on n'avait vu de tels troupeaux de chevaux comme chez Pierre ; jamais nulle part on n'avait vu pareilles brebis et moutons. Pierre mourut.

» Quand Pierre fut mort, Dieu convoqua les deux âmes de Pierre et d'Ivan, pour le jugement. « Cet homme est un grand coupable ! » dit Dieu. « Ivan ! je ne puis trouver sur-le-champ un châtiment pour lui ; choisis-le toi-même ! » Ivan réfléchit longtemps, imaginant des supplices, et répondit enfin : « Cet homme m'a fait un grand outrage ; il a vendu son frère, comme Judas, et m'a privé d'une famille et d'une postérité sur terre. Et l'homme qui se trouve sans famille honorable et sans postérité est comme la semence de blé qu'on jetterait dans le sol et qui tomberait en pure perte ; il n'en sort pas de germe, et personne ne sait que du blé fut semé en cet endroit.

* *

» Fais donc, mon Dieu, que toute sa descendance n'ait pas de bonheur sur la terre ; que le dernier de sa race soit un tel scélérat, que la terre n'en aura encore jamais porté de pareil ; qu'à cause de ses crimes, ses aïeux et ses ancêtres ne trouvent pas de repos dans leurs tombes, mais qu'endurant un supplice inconnu au monde, ils sortent de leurs sépulcres ! Et que Judas-Pierre, lui, n'ait pas la force de se soulever, et endure à cause de cela une souffrance encore pire ; et que, comme un enragé, il mange la terre sous laquelle il se débat !

* *

» Et quand sera venue l'heure où devront s'arrêter les crimes de cet homme, enlève-moi, mon Dieu, du fond du précipice, avec mon cheval, sur la montagne élevée, et fais qu'il vienne à moi ; je le lancerai du haut du mont dans le même abîme profond ; et que tous les morts, ses aïeux et ancêtres, n'importe où ils aient habité, accourent de tous les coins de la terre, pour se venger des souffrances qu'il leur fit endurer et qu'éternellement ils le tourmentent; et alors moi je me réjouirai, à la vue de son supplice. Et que Judas-Pierre ne puisse se soulever, qu'il s'arrache lui-même et se blesse, et que ses os grandissent et deviennent d'autant plus étendus et immenses que sa douleur sera plus forte. Et ce châtiment sera pour lui terrible, car il n'est pas de plus grande angoisse pour un homme que de ne pas pouvoir se venger, quand il le veut. »

* *
*

« Le châtiment que tu as imaginé, ô homme, est effrayant ! dit Dieu; qu'il soit fait ainsi que tu l'as dit; mais toi-même, tu resteras éternellement sur ton cheval et tu n'acquerras pas le royaume céleste; toujours tu seras sur ton cheval! » Et tout s'accomplit selon la parole divine. Jusqu'à maintenant le chevalier fantastique se tient à cheval, sur les Karpathes, et regarde au fond du précipice les morts tourmenter le mort, et sent le mort,

enterré sous la terre, s'allonger, tordre ses os dans
d'horribles souffrances et ébranler effroyablement
le sol... »

* * *

L'aveugle acheva ainsi sa chanson et se remit à
faire résonner les cordes de sa bandoura. Il raconta
ensuite des histoires amusantes sur Khoma et Iere-
ma, sur Stkliara Stokosa... mais les vieillards et
les jeunes gens ne pouvaient reprendre leurs sens,
et restaient immobiles, la tête baissée, réfléchis-
sant à la terrible aventure qui se passa dans le
vieux temps.

LE NEZ

LE NEZ

Il se passa le 25 mars, à Saint-Pétersbourg, un fait extraordinairement bizarre.

Sur la perspective Vosnecenski demeure le coiffeur Ivan Iakovlevitch, dont le nom de famille a disparu de l'enseigne, où l'on ne distingue plus rien, sauf la peinture d'un monsieur à la joue couverte de savon, et l'inscription : « On fait aussi les saignées ». Le coiffeur Ivan Iakovlevitch se réveilla donc d'assez bonne heure, et sentit une odeur de pain chaud. S'étant soulevé légèrement sur son lit, il vit que sa femme, dame d'aspect respectable et adorant le café, retirait du poêle quelques pains cuits.

— Aujourd'hui, Prascovia Ossipovna, je ne prendrai pas de café, dit Ivan Iakovlevitch, je préfère à la place manger un pain avec un oignon.

Pour dire la vérité, Ivan aurait bien voulu goûter de l'un et de l'autre, mais il savait la chose complètement impossible, car Prascovia Ossipovna n'admettait pas de tels caprices.

— Mange du pain, imbécile, pensa la femme en elle-même; il me restera davantage de café... Et elle jeta un pain sur la table.

Ivan Iakovlevitch passa, par convenance, un frac sur sa chemise, et, s'étant installé devant la table, prit du sel, prépara deux têtes d'oignons, saisit un couteau, et, avec une mine significative, se mit à couper le pain. Il le coupa en deux moitiés, regarda le milieu, et à son étonnement, distingua quelque chose de blanchâtre. Ivan Iakovlevitch gratta soigneusement avec son couteau, et tâta du doigt. « C'est ferme ! se dit-il en lui-même; qu'est-ce que c'est que cela ? » Il fourra ses doigts et retira — un nez !

Ivan Iakovlevitch laissa tomber ses bras; puis

il commença à se frotter les yeux et retâta du doigt ; c'était bien un nez, un véritable nez, et encore, lui sembla-t-il, un nez ayant une tournure connue.

La frayeur se peignit sur le visage d'Ivan ; mais cette frayeur n'était rien auprès de l'indignation qui saisit son épouse.

— Où as-tu coupé ce nez, animal ? se mit-elle à crier avec colère. Fripon ! ivrogne ! Je te dénoncerai moi-même à la police ! Quel brigand ! Voilà déjà trois messieurs qui m'ont dit que lorsque tu rases, tu tires tellement sur les nez que tu les arraches presque !

Mais Ivan Iakovlevitch n'était plus ni mort ni vivant, car il venait de reconnaître que ce nez n'était autre que celui de l'assesseur de collège Kovalev, qu'il rasait le mercredi et le dimanche.

— Tais-toi, Prascovia Ossipovna, dit-il, je vais l'envelopper dans un linge et le mettre dans un coin, pour qu'il y reste quelques jours ; ensuite, je l'emporterai.

— Et je n'y consens pas ! Que je permette de placer un nez coupé dans la chambre ! Biscuit roussi ! Il ne sait que repasser son rasoir, et n'est pas capable de terminer sa tâche vite et entièrement ! Coureur, chenapan ! Crois-tu que je vais pour toi m'attirer des histoires avec la police ? Ah ! tu es un propre-à-rien, une bûche stupide ! Regardez-le ! Voyez ! Emporte cela où tu veux ! Que je n'en entende plus jamais parler. »

Ivan Iakovlevitch était complètement abasourdi. Il réfléchissait, réfléchissait, — et ne savait à quoi réfléchir.

— Le diable sait comment cela s'est fait ! dit-il enfin, portant la main derrière l'oreille. Suis-je rentré ivre hier, ou non ? Cela, je ne puis le dire avec certitude. Mais, selon toutes les apparences, voilà une affaire qui me semble extraordinaire, car le pain, — c'est quelque chose qui se cuit, tandis qu'un nez, jamais de la vie! Je n'y comprends rien !

Ivan Iakovlevitch se tut. L'idée que les agents de police allaient découvrir ce nez chez lui et l'en rendre responsable, le plongea dans une prostration complète. Il lui semblait déjà voir le collet rouge, élégamment brodé d'argent, l'épée... et il trembla de tout son corps. Enfin, il mit la main sur sa culotte et ses bottes, revêtit ses frusques,

et, au milieu des lourdes admonitions de Prascovia Ossipovna, entortilla le nez dans un linge, et
sortit dans la rue.

Il avait le dessein de déposer ce nez n'importe
où, près d'une borne, sous une porte, ou de le
laisser tomber quelque part, à l'improviste, et de
tourner dans une autre rue. Mais, par malheur, il
lui tomba sur le dos quelqu'un de connaissance,
qui se mit aussitôt à le questionner : « Où vas-tu ? »
ou « Qui vas-tu raser de si bonne heure ? » De
telle sorte qu'Ivan Iakovlevitch ne put trouver
d'abord une seule minute. Deux fois, ensuite, il
réussit à laisser tomber le nez ; mais un agent lui
fit signe de loin de sa hallebarde et lui cria :
« Ramasse, tu as laissé glisser quelque chose ! ».
Et Ivan Iakovlevitch fut obligé de ramasser le nez
et de le serrer dans sa poche. Le désespoir le saisit, d'autant plus que la foule augmentait sans
cesse dans la rue, à mesure que s'ouvraient les
magasins et les boutiques.

Il se décida à gagner le pont Isaakiev ; peut-être,
là, trouverait-il moyen de jeter le nez dans la
Néva ?...

Mais j'ai fait la faute de ne vous avoir rien dit

sur ce qu'était Ivan Iakovlevitch, homme éminent
à de nombreux points de vue.

Ivan Iakovlevitch, comme tout artisan russe qui
se respecte, était un ivrogne invétéré, et quoiqu'il
rasât chaque jour les barbes des autres, il ne rasait
jamais la sienne. Son frac (car Ivan Iakovlevitch
n'allait jamais en surtout) était de couleur pie, ou
plutôt, était noir avec des taches jaune-cannelle
et grises ; le col était lustré, et à la place des trois
boutons, on ne voyait plus que des bouts de fil.
Ivan Iakovlevitch était tout à fait cynique ; quand
l'assesseur de collège Kovalev lui disait, selon son
habitude, tandis qu'il le rasait : « Tes mains puent
toujours, Ivan Iakovlevitch ! », alors il répondait :
« Pourquoi pueraient-elles ? — Je ne sais, frère,
mais elles puent », répliquait l'assesseur de collège Kovalev ; et Ivan Iakovlevitch, ayant pris une
prise, le savonnait ensuite sur la joue, sous le nez,
derrière les oreilles, sous le menton, — en un mot,
partout où cela lui convenait.

Cet honorable citoyen arriva enfin au pont
Isaakiev. Il jeta d'abord un coup d'œil alentour,
s'approcha ensuite de la balustrade, comme pour
regarder sous le pont s'il y passait beaucoup de

poissons, et, tout doucement, jeta le linge avec le nez.

Il lui sembla qu'on lui enlevait d'un coup dix poudes (1) de dessus le corps. Et même, il sourit.

Au lieu d'aller ensuite raser des barbes de fonctionnaires, il entra dans un établissement ayant sur l'enseigne : « Aliments et thé », et demanda un verre de punch. Il aperçut soudain, au bout du pont, le commissaire de police du quartier, homme à la tournure distinguée, aux favoris rouges, portant le chapeau à trois cornes et l'épée. Ivan Iakovlevitch fut glacé d'effroi. Cependant, le commissaire lui fit signe de la main et lui dit : « Approche donc ici, mon cher! »

Ivan Iakovlevitch, connaissant les convenances, enleva de loin sa casquette, et, s'étant approché promptement, dit :

— Je souhaite le bonjour à votre noblesse !

— Non, non, frère, il n'y a pas de noblesse ! — Dis-moi, qu'as-tu fait là-bas, sur le pont ?

— Ma foi, monsieur, j'allais raser des clients, et je regardais seulement si la rivière coule vite.

(1) Mesure de poids valant 16 kilogrammes et demi.

— Tu mens, tu mens ! Tu n'en seras pas quitte
ainsi. Veux-tu répondre ?

— Je suis prêt à raser votre Grâce deux fois
par semaine, et même trois, sans faute, répondit
Ivan Iakovlevitch.

— Non, ami ; cela, c'est des bêtises ! Trois
barbiers me rasent déjà, et encore s'en considè-
rent comme très honorés. Mais je te prie de me
dire ce que tu as fait là-bas.

Ivan Iakovlevitch pâlit.....

Mais l'histoire se couvre ici d'un nuage opaque,
et, de ce qui arriva ensuite, on n'en sait plus
absolument rien.

II

L'assesseur de collège (1) Kovalev se réveilla
assez tôt et fit avec ses lèvres : « Brr... brr... »,
comme il faisait chaque fois qu'il se réveillait,
sans avoir jamais pu dire pourquoi. Il se détira,
et ordonna de lui apporter un petit miroir qui se
trouvait sur sa table. Il voulait examiner un
bouton qui, la veille au soir, lui était poussé sur
le nez ; mais, à sa très grande surprise, il vit qu'à

(1) *Assesseur de collège* est le nom des fonctionnaires
du 8ᵉ degré des tchines. Dans l'armée, on les nomme :
majors ; c'est le cas de Kovalev. Dans l'ordre des sciences,
on les nomme : *docteurs.* C'est à cela que veut faire allusion N. Gogól, quand, quelques lignes plus bas, il dit
qu'on ne peut comparer les assesseurs de collège qui ont
dû ce grade à leurs parchemins (les docteurs) et ceux qui
l'ont gagné au Caucase, durant la guerre (les majors).

la place de son nez, il n'y avait plus qu'un endroit absolument uni ! Effrayé, Kovalev se fit apporter de l'eau et se frotta les yeux avec l'essuie-mains : réellement, il n'y avait plus de nez ! Il se mit à tâter avec la main, se pinça afin de savoir s'il ne dormait pas ; mais, lui sembla-t-il, il était bien éveillé. L'assesseur de collège. Kovalev sauta de son lit, se secoua ; — toujours pas de nez ! Il ordonna qu'on lui donnât sur-le-champ ses habits et courut chez le grand-maître de la police.

Mais, cependant, il est nécessaire de dire quelques mots de Kovalev, afin que le lecteur puisse voir à quel genre d'assesseur de collège il a affaire.

On ne peut comparer les assesseurs de collège qui doivent ce rang à leurs diplômes avec ceux qui l'ont gagné au Caucase. Ce sont là deux genres tout à fait distincts. Les assesseurs de collège de l'ordre scientifique..... mais je me tais, car la Russie est un pays tellement bizarre que si l'on dit quelque chose d'un assesseur de collège, alors, tous les assesseurs de collège, de Riga au Kamtchatka, le prennent infailliblement à leur compte. Et c'est la même chose pour toutes les fonctions et à tous les rangs.

Kovalev était un assesseur de collège du Caucase. Depuis seulement deux ans il occupait ce rang, et à aucun moment ne l'oubliait ; et, afin de se donner plus d'importance et de poids, il ne s'appelait jamais lui-même simplement assesseur de collège, mais toujours major. « Écoute, colombe, disait-il habituellement, quand il rencontrait, dans la rue, une femme vendant des chemises, va chez moi, à la maison ; mon logement est dans la Sadovaia (1) ; demande seulement : « Est-ce ici que demeure le major Kovalev ? » Tout le monde te renseignera. » S'il apercevait une beauté avenante, il y ajoutait un mot tout bas, et continuait : « Tu n'auras qu'à demander, ma chérie, le logement du major Kovalev. » A cause de cela, nous l'appellerons dorénavant major.

Le major Kovalev avait l'habitude de faire un tour quotidien sur la perspective Nevski. Son col de chemise était toujours extrêmement blanc et

(1) Grande rue de Saint-Pétersbourg.

bien empesé. Ses favoris étaient tels qu'on en peut voir encore aux agents du cadastre des gouvernements et des districts, aux architectes et aux médecins militaires, à tous ceux qui exercent diverses fonctions, et, en général, à tous ces hommes qui ont les joues pleines et rouges, et qui jouent très bien au boston : ces favoris prennent du milieu de la joue et vont tout droit jusqu'au nez.

Le major Kovalev portait sur lui une collection de petits cachets en cornaline, avec des armoiries, ou ayant écrit : mercredi, jeudi, lundi, etc. Il était venu à Pétersbourg par nécessité, principalement pour trouver une place en rapport avec son rang — place de vice-gouverneur, s'il y réussissait, sinon, simple place d'huissier dans quelque belle administration. Le major Kovalev n'était pas hostile au mariage, mais seulement à la condition que la fiancée amenât avec elle une dot de deux cent mille roubles. Et maintenant le lecteur peut juger lui-même quelle situation était celle de ce major, quand, à la place de son nez assez joli et bien proportionné, il ne vit plus qu'une place stupidement unie et plate.

Par malheur, aucun cocher ne se montrait dans

la rue ; il fut donc obligé d'aller à pied, enveloppé dans son manteau et le visage couvert d'un mouchoir, comme quelqu'un qui saigne du nez.

— Mais peut-être n'est-ce qu'une illusion ; il est impossible que mon nez soit ainsi tombé tout bêtement, pensa-t-il.

Et il se dirigea vers une confiserie, afin de se regarder dans la glace. Personne, heureusement, ne s'y trouvait ; des gamins balayaient la pièce et rangeaient les chaises. Quelques-uns, les yeux encore endormis, portaient des gâteaux chauds dans des paniers ; sur les tables et les chaises, traînaient les journaux de la veille, tachés de café.

— Allons ! grâce à Dieu, il n'y a personne, dit-il ; je puis à présent m'examiner.

Il alla timidement vers la glace, et regarda.

— Le diable seul sait quelle est cette horreur, s'écria-t-il, après avoir craché ; si encore il y avait quelque chose à la place du nez ! mais rien !

Ayant mordu ses lèvres de dépit, il sortit de la confiserie, et, contre son habitude, il résolut de ne regarder personne et de n'adresser aucun sourire.

Soudain, il s'arrêta, comme pétrifié, à la porte

d'une maison. Devant ses yeux se produisit une apparition inexplicable : une voiture s'arrêta près du perron, la porte s'ouvrit, et un monsieur en uniforme en sauta, en se courbant, et grimpa lestement l'escalier. Quel ne fut pas l'effroi, et en même temps la stupéfaction, de Kovalev, en reconnaissant que c'était son propre nez ! Devant ce spectacle extraordinaire, il lui sembla que tout tournait devant ses yeux, et c'est à peine s'il put conserver son équilibre ; mais il résolut, tout tremblant, comme s'il avait une attaque de fièvre, d'attendre le retour de ce monsieur dans sa voiture.

Au bout de deux minutes, le nez reparut effectivement. Il était en uniforme brodé d'or, avec un grand collet montant, en pantalon de peau de chamois, et une épée au côté. Au chapeau à plumes, on pouvait reconnaître qu'il était du grade de conseiller d'Etat (1). Son habillement indiquait qu'il allait en visites. Il regarda des deux côtés, cria au cocher : « Marche ! » et partit.

Le malheureux Kovalev se sentait devenir fou.

_____

(1) 5ᵉ Degré des tchines.

Il ne savait que penser d'un fait aussi surprenant.
Comment était-il possible, en vérité, qu'un nez,
qui la veille encore était sur sa figure et ne pouvait
s'en aller, ni marcher, fût maintenant en uniforme !
Il courut derrière la voiture qui n'allait pas loin
heureusement et qui s'arrêta devant le Gostini
Dvor (1).

Il se hâta, et se glissa entre un rang de vieilles
mendiantes aux visages noueux et ayant deux
trous à la place des yeux, ce dont il se moquait
jadis. Il y avait peu de monde. Kovalev était dans
un tel désarroi d'idées, qu'il ne put se décider à
rien, et chercha des yeux le monsieur dans tous
les coins ; il l'aperçut, enfin, debout devant un
comptoir. Le nez cachait complètement son visage
dans le haut collet montant et examinait certaines
marchandises avec une profonde attention.

— Comment l'aborder ? pensait Kovalev. A
toute sa personne, son uniforme, son chapeau, il
est visible que c'est un conseiller d'État. Si je sais
comment faire !...

Il commença par tousser, par moments, autour

(1) Grand bazar.

du conseiller d'État ; mais le nez ne quitta pas une minute sa position.

— Monsieur, dit Kovalev, s'efforçant intérieurement de se donner du courage, monsieur !...

— Que désirez-vous ? demanda le nez, en se retournant.

— Je trouve étonnant, monsieur..... il me semble que..... vous devez connaître sa place. Et je vous trouve soudain, et où ?... Convenez...

— Excusez-moi ; je ne puis saisir de quoi vous me parlez. Expliquez-vous.

— Comment m'expliquer avec lui ? pensa Kovalev.

Et, rassemblant ses esprits, il commença :

— Assurément, je... d'ailleurs, je suis major. Je me trouve sans nez ; convenez-en, cela n'est pas convenable. Pour quelque revendeuse, débitant des oranges sur le pont Voskresenski, il est encore possible de se passer de nez. Mais pour moi, qui ai l'entention de devenir fonctionnaire, et qui ai, en outre, des relations dans beaucoup de maisons, avec des dames, par exemple Mme Tchekhtareva, femme d'un conseiller d'Etat, et bien d'autres, vous jugez vous-même.

...Je ne sais, monsieur. (En disant cela, le major Kovalev leva les épaules)... Excusez... excusez... Si l'on considère cela au point de vue des lois de l'honneur et du devoir... vous-même pouvez comprendre...

— Je ne comprends absolument rien, répondit le nez. Expliquez-vous plus clairement.

— Monsieur, répondit Kovalev avec le sentiment de sa dignité personnelle, je ne sais comment prendre vos paroles. Ici, toute l'affaire, à ce qu'il me semble, est bien évidente... ou voulez-vous... Car, bref, vous avez mon propre nez!

Le nez regarda le major, et ses sourcils se froncèrent quelque peu.

— Vous vous trompez, monsieur; c'est bien le mien. D'ailleurs il ne peut y avoir aucuns rapports étroits entre nous. Si j'en juge aux boutons de votre uniforme subalterne, vous devez être employé d'un autre service.

Et, après ces paroles, le nez se détourna.

Kovalev était complètement troublé, ne sachant que faire ni même que penser. A ce moment, un agréable bruissement de robes se fit entendre; une dame âgée, tout ornée de dentelles, s'appro-

cha, ayant auprès d'elle une jeune personne mince,
dont la robe blanche dessinait très élégamment la
taille harmonieuse, et coiffée d'un chapeau jaune
clair, léger comme une pâtisserie.

Kovalev s'approcha un peu, rectifia le col de
batiste de la chemise, arrangea ses petits cachets
pendus à une chaîne d'or, et, souriant de côté,
tourna son attention sur la jeune dame élancée,
qui se penchait légèrement, telle une fleur printa-
nière, et portait à sa bouche une petite main
blanche aux doigts presque transparents. Le sourire, esquissé sur la figure de Kovalev, s'épanouit
davantage, quand il aperçut, sous le chapeau, un
menton rond d'une blancheur éclatante, et une
portion de joue ayant le teint d'une première rose
de printemps.

Mais Kovalev bondit soudain en arrière, comme
s'il se fût brûlé.

Il venait de se rappeler qu'il n'avait absolument
rien à la place de son nez; et des larmes coulèrent
de ses yeux.

Il se retourna, pour dire clairement et à haute
voix au monsieur en uniforme, qu'il était un filou
et un coquin, et qu'il ne lui réclamait pas autre

chose que son propre nez... Mais il n'y avait plus de nez ; celui-ci avait eu le temps de s'éloigner, et, vraisemblablement, d'aller rendre quelque nouvelle visite.

Cela plongea Kovalev dans le désespoir. Il sortit, et resta une minute sous le péristyle, regardant attentivement de tous côtés s'il n'apercevrait pas le nez. Il se rappelait parfaitement que le chapeau avait des plumes et l'uniforme une broderie d'or ; mais il n'avait pas remarqué le manteau, ni la couleur de la voiture, ni celle des chevaux, et ne savait s'il y avait quelque laquais par derrière, et dans quelle livrée. Il y avait d'ailleurs une telle quantité de voitures allant au galop dans les deux sens, qu'il était difficile de les observer ; et, en eût-il remarqué une, quels moyens de l'arrêter ?

La journée était très belle, et ensoleillée. Il y avait foule sur la perspective Nevski ; un flot fleuri de dames inondait tout le trottoir du pont Polisséïsk au pont Anitchkine. Ici, se promenait un conseiller de cour (1), des amis de Kovalev, qui l'appelait : lieutenant-colonel, principalement devant

(1) 7ᵉ degré des tchines.

des étrangers. Voici Iaryjkine, chef de bureau au Sénat, son meilleur ami, qui toujours faisait faire la remise au boston, quand il jouait le huit. Voilà un autre major, ayant conquis son grade au Caucase, qui lui fait signe de la main de venir vers lui.

— Eh! le diable l'emporte! dit Kovalev. Eh, cocher! conduis-moi droit chez le préfet de police.

Kovalev s'assit dans un drochki (1), criant par moment au cocher : « Va à toutes brides ! »

— Le préfet de police est-il chez lui? s'écria-t-il, en entrant dans le vestibule?

— Non, répondit le concierge, il vient de sortir.

— Allons, bon !

— Oui, ajouta le concierge, il n'y a pas long-temps, mais il est sorti; si vous étiez arrivé une petite minute plus tôt, vous l'auriez trouvé pro-bablement chez lui.

Kovalev, sans enlever le mouchoir de devant sa figure, se rassit près du cocher, et lui cria d'une voix désespérée :

— Marche!

(1) Voiture.

— Où ? demanda le cocher.

— Va tout droit.

— Comment, tout droit? Nous sommes à un coin de rue : à droite ou à gauche?

Cette question embarrassa Kovalev et le força à réfléchir de nouveau. Dans sa position, il devait aller, avant tout, au tribunal de police, non parce que son affaire avait un caractère direct avec la police, mais parce que ses mesures pouvaient être beaucoup plus rapides qu'en d'autres endroits. Aller demander justice auprès de la direction du ressort où le nez était fonctionnaire, cela pouvait être imprudent, car, vu les propres réponses du nez, il était visible que pour cet homme il n'y avait rien de caché, et il pouvait mentir encore en cette occasion, comme il avait menti déjà, en soutenant que jamais il ne s'était trouvé avec lui. Kovalev voulait donc ordonner de le conduire au tribunal de police, quand l'idée lui vint que ce filou et ce fourbe qui, dans leur première entrevue, s'était comporté d'une façon déloyale, pouvait à son aise, profitant du moment, s'esquiver de la ville, et alors toutes les recherches deviendraient inutiles ou pourraient se prolonger, Dieu l'en préserve, durant un mois entier. Enfin, sembla-t-il, le ciel lui-même l'inspira. Il résolut d'aller droit à l'administration d'un journal et de faire insérer à temps une annonce avec description détaillée de tout son signalement, afin que ceux qui le rencontreraient pussent le lui amener ou, tout au moins, indiquer le domicile de ce brigand.

Ayant pris cette décision, il ordonna au cocher d'aller à l'administration d'un journal et ne cessa, durant toute la route, de bourrer de coups de poing le dos de l'automédon, en lui criant : « Plus vite, fripon! Plus vite, canaille! »

— Eh! bârine! disait le cocher, secouant la tête et fouettant des guides le cheval à longs poils, comme un épagneul.

Le drochki s'arrêta enfin, et Kovalev, hors d'haleine, entra dans une petite pièce de réception, où un vieil employé, en frac usé et en lunettes, était assis derrière une table, et, une plume aux lèvres, comptait de la monnaie de cuivre.

— Qui reçoit ici les annonces? s'écria en entrant Kovalev; mais pardon, je vous salue bien...

— Mes respects, dit le vieil employé, levant les

yeux une minute et les rabaissant sur ses piles de monnaie.

— Je désire faire insérer...

— Permettez ; je vous prie d'attendre un instant, continua l'employé, inscrivant d'une main un chiffre sur du papier, et déplaçant d'un doigt de la main gauche deux jetons sur les comptes.

Un domestique galonné, d'un aspect très correct, attestant son long service dans une maison aristocratique, se tenait devant la table, une note dans la main, et jugeait à propos de faire montre de son urbanité.

— Soyez certain, monsieur, que ce petit chien ne vaut pas huit grivenniks (1) ; je n'en donnerais pas personnellement huit groches (2) ; mais madame la comtesse l'adore, Dieu me pardonne, l'adore ! — et voilà qu'elle promet cent roubles à qui le retrouvera. Pour parler poliment, comme en ce moment entre nous, les goûts des gens sont tout à fait incompatibles. Quand on est amateur, on prend un lévrier ou un barbet ; on en donne

(1) Monnaie valant 10 kopeks (40 cent.).
(2) Monnaie valant 2 kopeks (8 cent.).

cinq cents roubles, voire mille, mais alors on a un
superbe chien.

L'honorable employé écoutait cela avec une
mine significative ; et, durant ce temps, comptait
le nombre de lettres de la note apportée. De côté,
se tenait une foule de vieilles femmes, de commis
de magasin et de concierges, leurs notes à la
main.

On voyait dans l'une de ces notes qu'un
cocher de conduite sobre cherchait une place ;
dans une autre, on proposait une calèche, ayant
peu servi, venue de Paris en 1814 ; là, une fille
de cour de dix-neuf ans, exercée en ce qui
regarde le blanchissage, bonne également pour
d'autres ouvrages, demande une situation ; ou
bien des drochkis solides sans ressorts ; un jeune
cheval fougueux, à taches grises, de dix-sept ans ;
de nouvelles graines de navets et de radis, reçues
de Londres ; une maison de campagne avec toutes
les dépendances : deux stalles pour chevaux et un
emplacement où l'on peut élever un magnifique
jardin de bouleaux et de sapins ; d'autres insé-
raient une annonce où ils proposaient d'acheter
de vieilles semelles, et invitaient à se présenter

chaque jour de huit à trois heures du matin pour faire affaire.

La pièce, où se tenait cette foule, était petite et l'air y était excessivement épais : mais l'assesseur de collège Kovalev ne pouvait rien sentir, ayant la figure couverte d'un mouchoir, et son nez, Dieu sait où.

— Monsieur, permettez-moi de vous prier... Je suis très pressé... dit-il enfin, avec impatience.

— Tout de suite ! tout de suite !... Deux roubles quarante-trois kopeks !... A la minute !... Un rouble soixante-quatre kopeks ! dit le vieux monsieur, quittant des yeux les notes des vieilles femmes et des concierges. Que désirez-vous ? dit-il enfin, se tournant vers Kovalev.

— Je vous prie, dit Kovalev... il s'est produit une escroquerie ou une fourberie — jusqu'à présent je ne puis savoir comment. Je vous prie seulement d'insérer que celui qui m'amènera ce drôle recevra une bonne récompense.

— Veuillez me dire votre nom de famille ?

— Non ! Pourquoi mon nom ? Il m'est impossible de le dire. J'ai beaucoup de relations : Mᵐᵉ Tchekhtareva, femme d'un conseiller d'État ;

Mme Pelagia Grigorievna Podtotchina, femme d'un officier supérieur. Si elles apprenaient soudain... Dieu me préserve ! Vous pouvez écrire simplement : « Un assesseur de collège », ou, encore mieux, « un major ».

— Donc, votre garçon de cour s'est enfui ?

— Quel garçon de cour ? Ce ne serait pas encore là une canaillerie aussi grande ! Ce qui s'est enfui c'est... le nez !

— Hum ! quel singulier nom de famille ! Et quelle somme ce M. Nez vous a-t-il prise ?

— Nez ! mais vous n'y êtes pas ! C'est mon nez, mon propre nez qui a disparu, je ne sais où. Le diable a voulu se jouer de moi !

— Mais de quelle façon a-t-il disparu ? Je n'y comprends absolument rien.

— Je ne puis vous dire de quelle façon ; mais l'important, c'est qu'il se promène maintenant dans la ville et s'intitule conseiller d'Etat. Et pour cela, je vous prie d'annoncer : que celui qui le saisira doit me l'amener aussitôt, dans le plus bref délai. Vous concevez, d'ailleurs, comment je puis exister, sans cette partie de mon individu ? Ce n'est pas comme pour un doigt de pied...

dans le soulier, on ne voit pas s'il manque. Je vais tous les jeudis chez la femme d'un conseiller d'État, Mme Tchekhtareva ; je connais également Mme Pelagia Grigorievna Podtotchina, femme d'un officier supérieur, qui a une très jolie fille ; j'ai encore d'autres relations brillantes, et vous jugez vous-même comme je puis maintenant... Il m'est impossible à présent de paraître quelque part.

L'employé réfléchit, en se pinçant fortement les lèvres :

— Non ! je ne puis insérer une telle annonce dans le journal, dit-il enfin, après un long silence.

— Comment ?... Pourquoi?

— Parce qu'un journal peut perdre son bon renom. Si chacun se met à y écrire que son nez a disparu, alors... Et c'est ainsi qu'on dit qu'il s'imprime beaucoup d'absurdités et de bruits mensongers.

— Et pourquoi cela est-il absurde ? Il n'y a, dans mon cas, rien de pareil, il me semble.

— Vous le pensez ainsi ; or, voici un fait qui s'est passé la semaine dernière. Il vint un fonctionnaire, tout comme vous êtes venu aujourd'hui, apportant une note, dont l'insertion lui coûta 2 roubles 75 kopeks. Toute l'annonce consistait en ceci : un barbet à poils noirs s'était enfui. Vous me direz : « Qu'y a-t-il là de pareil? » Mais il arriva cette pasquinade que le barbet n'était autre que le caissier de je ne sais quelle administration.

— Mais, moi, je ne vous demande pas d'annonce pour un barbet, mais pour mon propre nez, par conséquent pour moi-même.

— Non! je ne puis insérer une telle annonce.

— Même lorsque mon nez a véritablement disparu ?

— S'il a disparu, c'est l'affaire du médecin ; on dit que certains peuvent vous planter un nez très convenablement. Mais, d'ailleurs, je pense que vous devez être un homme d'humeur joyeuse, et que vous aimez plaisanter en société.

— Je vous jure, par ce qu'il y a de plus sacré ! Permettez, puisque la chose en vient là, que je vous le montre.

— Pourquoi vous fâcher? continua l'employé, en prenant une prise. D'ailleurs, si cela ne vous importune pas, ajouta-t-il avec un mouvement de curiosité, je serai très aise de le voir.

L'assesseur de collège retira le mouchoir de son visage.

— En effet, c'est extraordinairement étonnant, dit l'employé; la place est tout à fait unie, comme une galette. Oui, c'est plat, jusqu'à l'invraisemblance.

— Eh bien ! maintenant, discuterez-vous encore ? Vous voyez vous-même qu'il est impossible de ne pas insérer mon annonce. Je vous en serai particulièrement reconnaissant, et je suis ravi que cette occasion m'aie procuré le plaisir de lier connaissance avec vous.

Le major, comme on le voit, s'était décidé, pour cette fois, à user de flatterie.

— Annoncer cela, assurément, est une petite affaire, dit l'employé; seulement, je ne pense pas que vous en retiriez aucun avantage. Vous devriez charger quelqu'un, ayant une plume habile, de décrire cela comme un phénomène de la nature, et d'insérer cet article dans l'*Abeille du Nord* (il prit ici une prise), pour le profit de la jeunesse (il se moucha), ou encore, pour la curiosité publique.

L'assesseur du collège était complètement désespéré. Il baissa les yeux sur le bas d'un journal, où se trouvaient les nouvelles théâtrales ; son visage souriait déjà, en voyant le nom d'une actrice, sa préférée, et il fourrait déjà la main dans sa poche, pour y chercher un billet bleu, car, à son avis, les officiers supérieurs devaient s'asseoir uniquement dans des fauteuils ; mais l'idée de son nez gâta tout.

L'employé lui-même, semblait-il, était touché de la pénible situation de Kovalev. Désirant alléger un peu son chagrin, il crut bon de lui exprimer sa compassion en quelques mots : « Véritablement, je suis très fâché qu'il vous soit arrivé une pareille aventure. Désirez-vous prendre une prise de tabac ? cela chasse les maux de tête et les dispositions à la tristesse ; c'est aussi un remède souverain contre les hémorrhoïdes. » En disant ces mots, l'employé présenta à Kovalev une tabatière, dont il fit glisser très habilement le couvercle, décoré du portrait d'une dame en chapeau.

Devant ce procédé, irréfléchi pourtant de la part de l'employé, Kovalev perdit toute patience : « Je ne comprends pas, dit-il en colère, comment vous pouvez trouver place à des railleries ; ne voyez-vous pas qu'il me manque précisément ce qu'il

faut pour priser? Le diable emporte votre tabac !
Je ne puis à présent le voir en face, et non seulement votre exécrable bérézinski, mais même du
râpé. » A ces mots, il sortit, profondément irrité,
de l'administration du journal, et se dirigea chez
le commissaire de police.

Kovalev arriva juste au moment où ce fonctionnaire s'allongeait en bâillant et se disait : « Je
vais dormir avec plaisir deux petites heures. »

On voit que l'arrivée de l'assesseur de collège
était on ne peut plus inopportune.

Le commissaire de police était grand amateur
des choses artistiques et aussi des produits de l'in-
dustrie; mais il préférait à tout un billet impérial.
« C'est un objet, disait-il souvent, comme il n'y
en a pas de meilleur : il ne demande pas à manger,
il tient peu de place, rentre toujours bien dans la
poche, et si on le laisse glisser il ne s'abîme pas. »

Il reçut Kovalev très sèchement et lui fit remarquer que ce n'était pas le moment, après le dîner,
d'entamer une enquête; que la nature elle-même
enseigne qu'après avoir mangé, on doit se reposer
un moment (l'assesseur de collège put voir par là
que les apophtegmes des anciens philosophes

n'étaient pas inconnus au commissaire), et qu'un homme d'ordre ne perd pas son nez.

Ces paroles blessèrent notre héros très profondément.

Il faut remarquer que Kovalev était un homme très susceptible. Il pouvait pardonner tout ce qu'on disait sur lui-même, mais jamais il ne pardonnait ce qui attaquait le rang ou la fonction. Il pensait que, dans les pièces de théâtre, on peut laisser passer tout ce qui est contre les sous-officiers, mais qu'on ne doit rien permettre contre les officiers supérieurs. La réception du commissaire le déconcerta tellement, qu'il secoua la tête, et dit, avec le sentiment de sa dignité, avançant un peu la main : « J'avoue qu'après de telles paroles offensantes de votre part, je n'ai plus rien à ajouter. » Et il sortit.

Il rentra chez lui, sentant à peine ses jambes sous lui. La nuit tombait et son logis lui parut triste et fort sale, après toutes ces infructueuses recherches. En entrant dans l'antichambre, il aperçut, sur le divan de cuir passé, son domestique Ivan qui, couché sur le dos, s'amusait à cracher sur le plancher, atteignant, avec beaucoup d'adresse, un côté ou l'autre. Une telle indifférence le rendit furieux ; il le frappa de son chapeau sur la bouche, en disant : « Toi, tu fais toujours des sottises ! »

Ivan sauta d'un bond de sa place et se précipita à toutes jambes pour lui enlever son manteau.

Le major, las et triste, entra dans sa chambre, se jeta dans un fauteuil, et, après quelques soupirs, dit :

— Mon Dieu ! mon Dieu ! Pourquoi pareille infortune ? Si j'étais sans mains et sans pieds, — tout cela vaudrait mieux ; mais un homme sans nez — le diable sait ce que c'est : un oiseau ne serait plus un oiseau, un citoyen n'est plus un citoyen ; c'est tout simplement quelque chose à prendre et à jeter par la fenêtre ! Et si encore on me l'avait coupé à la guerre, ou en duel, ou enfin que j'en sois moi-même la cause ! Mais là, il est tombé pour rien, pour rien, absolument gratuitement, pas même pour un groche ! Mais non, cela ne peut être, — ajouta-t-il, après réflexion, — il est incroyable qu'un nez tombe ainsi ; de toutes façons, c'est invraisemblable. Sûrement, je rêve, ou, simplement, je me l'imagine ; peut-être bien, par erreur,

ai-je bu, à la place d'eau, l'eau-de-vie que je passe
sur mes joues après m'être rasé. Cet imbécile
d'Ivan ne l'aura pas enlevée, et, certainement, moi,
je l'ai avalée. »

Pour se convaincre avec certitude qu'il n'était
pas ivre, le major se pinça, si douloureusement
qu'il en poussa un cri. Cette blessure le persuada
complètement qu'il vivait et agissait bien réellement. Il s'approcha tout doucement de la glace,
clignant d'abord des yeux et pensant que peut-
être le nez lui apparaîtrait à sa place; mais il recula aussitôt d'un bond en arrière, en disant :
« Quelle caricature! »

Cela devenait tout à fait incompréhensible ; si
un bouton avait disparu, une cuiller d'argent, une
montre ou quelque chose de semblable, encore...
mais le nez disparaître !... Et à qui encore ?... Et,
de plus, dans son logis même! Le major Kovalev,
passant en revue toutes les diverses circonstances
de l'affaire, pensa que le plus certain était qu'il
n'y avait pas d'autre cause de tout cela que la
femme de l'officier supérieur, madame Podtotchina, qui désirait lui faire épouser sa fille. Il se
plaisait à courtiser celle-ci, mais éludait toujours

l'arrangement final. Quand la dame lui déclarait ouvertement qu'elle voulait bien la lui donner, il reculait doucement, avec force compliments, disant qu'il était encore jeune, qu'il lui fallait servir cinq ans, qu'il n'avait encore que juste quarante-deux ans.

Certainement, à cause de cela, la femme de l'officier supérieur, par vengeance, s'était décidée à le détériorer et avait dû payer pour cette besogne quelques vieilles sorcières ; car il était impossible de supposer que le nez eût été coupé d'une façon ou de l'autre ; personne ne l'avait approché dans la chambre ; le barbier Ivan Iakovlevitch l'avait encore rasé le mercredi, et, tout le restant de la journée et tout le jeudi, il avait son nez intact ; cela, il s'en souvenait parfaitement et en était sûr ; d'ailleurs, il eût ressenti quelque douleur, et, sans aucun doute, la blessure ne se serait pas cicatrisée aussi vite, et ne serait pas devenue plate comme une galette.

Il construisit des plans dans sa tête : intenter une action en justice contre madame Podtotchina, ou bien se présenter en personne chez elle et la confondre. Ses réflexions furent interrompues par la vue d'une lumière qui filtra à travers toutes les fentes de la porte et lui apprit qu'Ivan venait d'allumer une chandelle dans l'antichambre.

Ivan apparut bientôt lui-même, la chandelle à la main, et la chambre fut vivement éclairée. Le premier mouvement de Kovalev fut de saisir son mouchoir et de couvrir la place où la veille encore se trouvait son nez, pour que le stupide laquais ne se mît pas à ouvrir une bouche ébahie, en voyant à son maître une telle bizarrerie.

Ivan n'avait pas eu le temps de rentrer dans son taudis que retentit dans l'antichambre une voix inconnue, qui demandait : « Est-ce ici que demeure l'assesseur de collège Kovalev ?

— Entrez; c'est bien ici le major Kovalev, dit Kovalev, se précipitant pour ouvrir la porte.

Un agent de police entra, homme de belle apparence, aux favoris ni trop clairs ni trop foncés, aux joues bien pleines, le même que nous avons vu, au commencement de ce récit, se tenant au bout du pont Isaakiev.

— Vous avez eu l'honneur de perdre votre nez?

— Effectivement.

— Il est retrouvé à cette heure!

— Que dites-vous? s'écria le major Kovalev.

La joie lui enlevait la parole ; il regarda dans les deux sens le policier, qui se tenait devant lui, les lèvres et les joues éclairées vivement par la lueur vacillante de la chandelle.

— Et de quelle façon? demanda-t-il enfin!

— Par un hasard étonnant : on l'a arrêté au moment où il partait. Il s'était déjà installé dans la diligence, et voulait aller à Riga. Son passeport était depuis longtemps libellé au nom d'un fonctionnaire. Et le plus étonnant, c'est que moi-même je l'avais d'abord pris pour un monsieur ; mais, par bonheur, ayant mes lunettes, j'ai reconnu aussitôt que c'était un nez. Je dois vous dire que je suis myope, et que si vous vous placez devant moi, je reconnais bien que vous avez un visage, mais je ne distingue ni le nez, ni la barbe, ni rien. Ma belle-mère, la mère de ma femme, ne voit rien non plus.

Kovalev ne se possédait plus.

— Où est-il? où? J'y cours tout de suite!

— Ne vous emportez pas! Sachant qu'il vous est nécessaire, je l'ai apporté sur moi. Et le plus étonnant, c'est que le complice principal en cette

affaire est un filou de coiffeur de la rue Vosnecenski, qui se trouve maintenant au violon. Depuis longtemps je le soupçonnais d'ivrognerie et
de vol, et il y a encore trois jours il a enlevé dans
une boutique une carte de boutons. Votre nez est
absolument intact.

En disant ces mots, l'agent fouilla dans sa poche
et en retira le nez, enveloppé dans un morceau de
papier.

— Oui, c'est bien lui! s'écria Kovalev ; c'est
absolument lui! Acceptez de prendre aujourd'hui
avec moi une tasse de thé.

— Je vous suis très reconnaissant pour votre
extrême amabilité, mais cela m'est impossible ; je
dois me rendre d'ici dans une maison de correc-
tion... Il s'est produit une bien grande cherté de
vivres ces derniers temps... J'ai chez moi ma belle-
mère, la mère de ma femme, et des enfants... Mon
aîné donne particulièrement de grandes espérances,
c'est un garçon très intelligent ; mais les moyens
me manquent complètement pour son éducation.

. . . .

L'assesseur de collège, après le départ de l'a-
gent, resta quelques minutes dans une situation

d'esprit indéfinissable, et put à peine, après un moment, recouvrer la vue et les autres sens ; sa joie soudaine l'avait anéanti! Il prit enfin avec précaution son nez retrouvé, dans ses deux mains mises en creux, et le regarda encore une fois très attentivement.

— Oui, c'est lui! c'est bien lui! dit-il; voici sur le côté gauche le bouton poussé la veille...

Le major contint avec peine un éclat de rire.

Mais, en ce monde, rien ne dure ; la joie n'est déjà plus si vive, durant la seconde minute, et durant la troisième, elle s'affaiblit graduellement, pour se fondre insensiblement en un calme plat.

Kovalev commença à réfléchir, et comprit que son aventure n'était pas terminée. Le nez était bien retrouvé, mais il fallait maintenant le mettre, le loger à sa place.

— S'il allait ne pas tenir?

A cette pensée, le major pâlit.

Avec une sensation de crainte inexplicable, il se précipita vers la table, et prit le miroir, pour ne pas placer le nez de travers. Ses mains tremblaient. Avec précaution et circonspection, il le mit à l'ancienne place. Terreur! le nez ne tenait

pas!... Il le mit devant sa bouche, le chauffa légèrement de son haleine, et le plaça de nouveau à
l'endroit plat qui se trouvait entre les deux joues;
le nez ne tenait d'aucune façon! « Hé! tombe
donc! imbécile! » lui dit Kovalev. Le nez semblait
en bois, et tomba sur la table avec un son assez
drôle, comme ferait un bouchon. Le visage du
major se crispa convulsivement. « Est-il possible
qu'il ne s'attache pas? » dit-il avec effroi. Il le
remit encore à sa place exacte — ce fut encore
une fois inutile.

Kovalev appela Ivan et lui ordonna d'aller chez
le docteur, qui occupait, dans la même maison, le
plus bel appartement, au premier étage. Ce docteur était un homme de belle tournure, ayant de
superbes favoris pommadés; sa femme était fraîche
et bien portante; il mangeait le matin des pommes
fraîches, et tenait sa bouche dans un état extraordinaire de propreté, la rinçant chaque matin
durant presque trois quarts d'heure, et se polissant
les dents avec cinq sortes diverses de petites
brosses.

Le docteur parut presque aussitôt. Après avoir
demandé depuis combien de temps le malheur

était arrivé, il prit le major Kovalev par le menton, et, avec le doigt majeur donna une tape à la place où était auparavant le nez; si bien que le major fut forcé de rejeter la tête en arrière tellement fort qu'il se heurta l'occiput contre le mur. Le médecin dit que ce n'était rien, et, s'étant reculé un peu du mur, lui ordonna de courber la tête d'abord du côté droit; il tâta la place du nez et fit : Hum! il lui ordonna ensuite de courber la tête du côté gauche, tâta, et refit : Hum! Comme conclusion, il lui redonna une tape, de sorte que Kovalev retira la tête, comme un cheval à qui on examine les dents.

Ayant fait cette épreuve, le médecin balança la tête et dit :

— Non, impossible! Il est préférable pour vous de rester ainsi, car cela peut faire encore pis. Certainement, on peut l'attacher; je peux vous l'attacher sur-le-champ, c'est sûr; mais je vous assure que ce sera pis pour vous.

— C'est superbe! Et comment puis-je rester sans nez? dit Kovalev. Ce ne peut être pis que maintenant; car c'est, tout simplement, le diable sait quoi! Où paraître avec une telle tête gro-

tesque? J'ai de très belles relations : et aujour-
d'hui même je dois aller ce soir dans deux maisons. Je suis connu de beaucoup de personnes : par
exemple, la femme du conseiller d'Etat Tchekhtareva, Mme Podtotchina, femme d'officier supérieur, quoique après le présent procédé je n'aurai plus affaire à elle que par l'intermédiaire de la
justice. Faites-moi la grâce, ajouta Kovalev d'une
voix suppliante, de l'attacher, n'importe par
quels moyens. Même si cela ne va pas très bien,
pourvu seulement qu'il tienne ; je pourrai même
le soutenir légèrement de la main dans les occa-
sions périlleuses. En outre, je ne danserai pas, de
peur de le déranger par quelque mouvement peu
circonspect. En ce qui concerne le compte de vos
honoraires pour cette visite, soyez persuadé
qu'autant que mes moyens me le permettront...

— Croyez, dit le docteur d'une voix ni forte ni
faible, mais extraordinairement insinuante et
persuasive, que jamais je ne soigne par amour du
gain. C'est contre mes principes et mon art. Je
prendrai bien quelque chose pour la visite, mais
seulement pour ne pas vous blesser par un refus.
Certainement, je puis attacher votre nez ; mais je

vous donne ma parole d'honneur, si vous ne me
croyez pas autrement, que cela sera beaucoup
plus laid. Laissez plutôt faire la nature. Lavez souvent la place a l'eau froide, et je vous assure que,
privé de votre nez, vous vous porterez aussi bien
qu'avec. Mais je vous conseille de placer votre
nez avec de l'esprit-de-vin dans un pot, ou
mieux, de verser dans le récipient deux cuillerées
à soupe d'eau-de-vie et de vinaigre chaud, — et
alors vous pourrez en retirer beaucoup d'argent.
Moi-même je l'emporterai, si seulement vous n'y
tenez pas.

— Non! non! pour rien au monde je ne le
vendrai! s'écria le major Kovalev désespéré; je
préférerais le perdre!

— Excusez, dit le docteur, en s'en allant; je
voulais vous être utile... Que faire? D'ailleurs,
vous avez vu mon empressement.

En disant ces mots, le docteur sortit de la pièce,
avec une noble prestance. Kovalev ne regarda
même pas sa figure, et, dans un profond anéantis-
sement, ne distingua que les manchettes de la
chemise blanche et nette comme neige, qui sor-
taient des manches du frac noir.

Il se décida le lendemain, avant de porter plainte, à écrire à Mme Podtotchina, pour savoir si elle ne consentirait pas de bon gré à faire droit à sa demande.

La lettre était ainsi conçue :

« Madame Alexandra Grigorievna,

» Je ne puis concevoir de votre part un acte aussi étonnant. Soyez persuadée qu'en agissant ainsi, vous n'y gagnerez rien et ne me forcerez aucunement à épouser votre fille. L'affaire au sujet de mon nez est, croyez-le bien, complètement éclaircie, depuis longtemps, sur le rôle que vous y avez joué comme principale instigatrice, à l'exclusion de tout autre. Son détachement soudain de sa place, sa fuite, et son déguisement sous l'aspect d'un fonctionnaire, tout cela, enfin, sous son aspect spécial, n'est rien moins qu'une suite de sorcelleries, exécutées par vous ou par des gens qui se livrent pour votre compte aux nobles occupations de ce genre. De mon côté, je crois devoir vous avertir d'avance que, si le nez dont je vous parle n'est pas aujourd'hui même remis à sa place, je me verrai contraint de recourir à l'aide et à l'assistance des lois.

» D'ailleurs, avec un entier respect pour vous, j'ai l'honneur d'être,

» Votre humble serviteur,

» PLATON KOVALEV. »

« Monsieur Platon Kouzmitch,

» Votre lettre m'a surprise énormément. Je vous l'avoue, je ne m'y attendais nullement, surtout relativement à vos injustes reproches. Je vous donne avis que je n'ai jamais reçu chez moi le fonctionnaire dont vous parlez, ni déguisé, ni sous son véritable aspect. Il est venu chez moi, il est vrai, Philippe Ivanovitch Potantchikov. Et quoiqu'il recherche précisément la main de ma fille, qu'il soit lui-même de conduite sobre et excellente, et qu'il ait une grande instruction, jamais je ne lui ai rien laissé espérer. Vous parlez encore de votre nez. Si vous voulez dire par là que j'ai le dessein de vous rire au nez, c'est-à-dire de vous donner un formel refus, je suis surprise que vous me disiez cela ; car je suis tout à fait d'avis contraire, vous le savez bien, et si vous recherchez à présent ma fille en mariage d'une façon légale, je suis prête à vous satisfaire sur-le-champ. Cela formera toujours, en effet, l'objet de mon plus vif désir ; dans l'espoir de quoi, je suis toujours prête à vous servir.

» ALEXANDRA PODTOTCHINA. »

— Non ! dit Kovalev, après avoir lu cette lettre, elle n'est sûrement pas coupable. Cela ne peut être ! Une lettre ainsi écrite ne peut être celle d'une personne ayant commis un délit.

L'assesseur de collège était expert en ces sortes de choses, car il avait été envoyé parfois pour faire une enquête dans la province du Caucase.

— De quelle façon, par quels sorts, cela s'est-il fait ? se dit-il. Que tout cela s'en aille au diable !

Et il laissa tomber les mains.

Cependant, dans toute la capitale, des bruits se propageaient, au sujet de cet événement extraordinaire, et, comme le veut l'usage, non sans amplification des détails. Tous les esprits étaient à ce moment spécialement tournés vers l'extraordinaire. Peu de temps auparavant, des expériences de magnétisme avaient occupé le public ; récente aussi était l'histoire des tables tournantes de la rue des Ecuries ; il ne faut donc pas s'étonner si on commença bientôt à répéter que le nez de l'assesseur de collège Kovalev se promenait vers les trois heures sur la perspective Nevski, et cela depuis longtemps. Une foule de curieux afflua chaque jour. Quelqu'un assura que le nez se trouvait dans le magasin de Iunker, et une telle multitude se pressa et s'entassa alentour que la police se vit obligée d'établir un service d'ordre. Un spéculateur, homme fort honorable, à favoris, qui vendait à la sortie des théâtres des sucreries diverses et des gâteaux secs, fit élever tout exprès de très belles estrades en bois, très solides, sur lesquelles il invita les curieux à se tenir, pour soixante kopeks par spectateur. Un colonel de grand mérite vint de bonne heure de chez lui pour voir cela, et se glissa avec grande peine à travers la foule ; mais, à sa profonde indignation, il ne vit, par la fenêtre du magasin, à la place du nez, qu'une ordinaire camisole de laine, et un tableau en lithographie représentant une jeune fille qui reprise des bas, et un élégant, à gilet ouvert, ayant une petite barbe, qui la regarde du haut d'un arbre, — tableau accroché à cette place depuis déjà plus de dix ans. Le colonel s'en alla, se disant avec dépit : « Comment peut-on ainsi ameuter le peuple avec de telles rumeurs stupides et invraisemblables?... » Le bruit courut ensuite que le nez du major Kovalev se promenait, non pas sur la perspective Nevski, mais dans le jardin de Tauride ; depuis longtemps, il s'y trouvait, disait-on, et déjà, quand Khozrev-Mirza y demeurait, il s'étonnait beaucoup de ce bizarre caprice de la nature. Quelques étudiants de l'Académie de Chirurgie y furent envoyés. Une honorable dame, de haute naissance, pria le surveillant de ce jardin, par lettre particulière, de montrer à ses enfants ce rare phénomène, et, si c'était possible, d'y joindre une explication instructive et édifiante pour ces jeunes gens.

Tous ces faits mirent dans le ravissement les visiteurs mondains, indispensables de tout raoût, qui cherchent à distraire les dames, et qui voyaient leur stock de nouvelles s'épuiser complètement. Par contre, un petit groupe de gens honorables et bien pensants s'en montra très mécontent. Un monsieur dit même, avec indignation,

qu'il ne comprenait pas comment, dans le siècle
civilisé où l'on vivait, pouvaient se répandre des
bruits faux et absurdes, et qu'il s'étonnait que le
gouvernement ne tournât pas davantage son
attention sur ce sujet. Ce monsieur était visible-
ment du nombre de ces gens qui souhaiteraient
immiscer le gouvernement dans toutes choses,
voire dans leurs querelles journalières avec leurs
femmes.

A la suite de cela... Mais ici l'histoire se couvre
de nouveau d'un nuage épais, et de ce qui arriva
ensuite, on n'en sait absolument rien.

III

Toute sottise arrive en ce monde, et les faits n'ont parfois aucune vraisemblance : ce même nez, qui se promenait dans la tenue d'un conseiller d'Etat et causait dans la ville un tel tapage, se retrouva soudain, on ne sait comment, bien à sa place, entre les deux joues du major Kovalev. Cela se passa le 7 avril.

S'étant réveillé et ayant regardé dans la glace, le major vit son nez ! Il y porta la main, — c'était bien véritablement son nez !

« Hé ! hé ! » dit Kovalev ; et c'est juste si de joie il ne dansa pas nu-pieds à travers la chambre ; l'arrivée d'Ivan l'en empêcha. Il lui ordonna de lui apporter aussitôt de quoi se laver, et, en se levant, il regarda dans la glace, — le nez était là. Il s'essuya avec une serviette, et regarda de nouveau dans la glace, — le nez était toujours là !

— Regarde donc, Ivan, il me semble que j'ai sur le nez une espèce de bouton, dit-il, et, entre temps, il pensait : « Le malheur, c'est qu'Ivan va me dire : Mais, monsieur, non seulement vous n'avez pas de bouton, mais même pas de nez ! »

Mais Ivan répondit :

— Il n'y a rien, aucun bouton ; votre nez est intact.

— Parfait ! le diable m'emporte ! dit en lui-même le major ; et il fit claquer ses doigts.

En ce moment, apparut par la porte le coiffeur Ivan Iakovlevitch, l'air aussi craintif qu'un chat qu'on a fouetté pour un larcin de graisse.

— Dis auparavant : tes mains sont-elles propres ? lui cria de loin Kovalev.

— Elles sont propres.

— Tu mens !

— Par Dieu, elles sont propres, monsieur !

— Eh bien ! montre-les.

Kovalev s'assit. Ivan Iakovlevitch lui mit une

serviette, et, en un instant, avec un blaireau, lui transforma toute la barbe et une partie des joues en une crème, telle qu'en vendent les marchands, dans les fêtes. « Voyons donc! » se dit Ivan Iakov-levitch, après avoir regardé le nez, et ensuite, penchant la tête de côté, examiné dans l'autre sens : « Allons! il est bien comme il faut! » ajouta-t-il ; et longtemps il regarda le nez. Enfin, avec réserve et prudence, tel qu'on peut le faire pour soi-même, il plaça deux doigts de façon à en saisir le bout.

C'était le système d'Ivan Iakovlevitch.

— Allons! allons! fais attention! cria Kovalev.

Ivan Iakovlevitch laissa tomber la main, perdit la tête et se troubla comme jamais encore. Il commença enfin à gratter soigneusement du rasoir sous la barbe, et, bien qu'il lui fût difficile de raser sans appuyer ses doigts sur la partie olfactive du corps, pourtant, tant bien que mal, s'aidant de son doigt majeur placé sur la joue ou sur la gencive inférieure, il vainquit toutes les difficultés et acheva son opération.

Lorsque tout fut prêt, Kovalev se hâta de s'habiller, prit un cocher, et alla droit dans une confiserie. En entrant, il cria, encore de loin : « Garçon, une tasse de chocolat! » et il se regarda en même temps dans une glace : son nez était bien là. Il se retourna joyeusement, et, d'un air moqueur, examina, en clignant de l'œil, deux militaires, dont l'un avait un nez pas plus grand qu'un bouton de gilet.

Il alla ensuite à la chancellerie du ministère, où il sollicitait pour une place de vice-gouverneur, et, en cas d'échec, de simple huissier; en traversant la salle de réception, il regarda dans une glace : — le nez était toujours là!

Il se dirigea ensuite chez un autre assesseur de collège, un major, très grand railleur, à qui il disait souvent, en réponse à diverses remarques moqueuses : « Oh! toi, je te connais, tu es piquant! » Il pensait, en chemin : « Si le major n'éclate pas de rire à ma vue, ce sera le signe certain que tout est bien à sa place! » Mais l'assesseur de collège était absent. « Très bien! Parfait! le diable l'emporte! » se dit Kovalev. Il rencontra sur sa route la femme d'officier supérieur, Mme Podtotchina, avec sa fille, s'inclina devant elles, et fut accueilli

par de joyeuses exclamations; il ne lui manquait
donc rien. Il conversa longuement, et à dessein,
ayant pris une tabatière, renifla du tabac devant
elles dans les deux narines, se disant à lui-même:
« Attrapez! femmes, peuple de poules! Je ne me
marierai pas avec ta fille! A moins qu'elle con-
sente... simplement, par amour... (1). Alors, soit! »

Et le major Kovalev se promena sur la perspective Nevski, et dans les théâtres, et partout. Et
son nez, comme si rien n'était, resta bien sur
sa figure, n'ayant pas l'air du tout de pencher de
côté. Et l'on vit depuis le major Kovalev toujours
de bonne humeur, souriant et recherchant pas-
sionnément les belles femmes; on le vit même une
fois, à un comptoir du Gostini, acheter un certain ruban d'ordre; on ne put savoir pourquoi,
car il n'était chevalier d'aucun ordre.

Telle est l'histoire qui s'est passée dans la capitale du nord de notre vaste empire. Maintenant,
en considérant bien tout, nous voyons qu'il s'y
trouve beaucoup d'invraisemblances. Sans parler
de ce qu'il y a d'étonnant dans ce détachement

(1) Les deux mots sont en français dans le texte.

subit de nez et dans son apparition en divers endroits sous l'aspect de secrétaire d'Etat, — comment Kovalev ne comprit-il pas qu'on ne peut pas faire d'annonce pour un nez dans un journal ? Et ici je ne veux pas examiner le prix élevé qu'il faut payer pour une insertion, car je ne suis pas du tout du nombre des gens avares; mais c'est indécent, gauche et peu convenable!

Et encore ceci : comment le nez se trouva-t-il dans un pain cuit, et comment Ivan Iakovlevitch lui-même...? Non, je ne puis pas du tout comprendre cela; véritablement, je ne comprends pas! Mais ce qui est plus étonnant encore, plus incompréhensible, c'est que des auteurs puissent choisir de pareils sujets. Je l'avoue, cela aussi est tout à fait inconcevable, et, véritablement... non! non! je n'y comprends rien. D'abord, il n'y a là certainement aucun profit pour la patrie, et ensuite... ensuite, il n'y a profit pour rien. C'est tout simplement je ne sais quoi...

Et pourtant, dans tout cela, peut-être au fond, peut-on admettre une chose, et puis une seconde, et puis une troisième, et encore..., car, enfin, où ne trouve-t-il pas des invraisemblances? Et, quand on réfléchit à tout cela, sûrement, il y a là quelque chose. On a beau dire, de semblables faits se produisent dans le monde ; — rarement, mais il s'en produit.

MÉMOIRES D'UN FOU

MÉMOIRES D'UN FOU

3 octobre.

Une aventure extraordinaire est arrivée aujour-
d'hui. Je me suis levé le matin assez tard, et
quand Mavra m'a apporté mes bottes nettoyées,
je lui ai demandé quelle heure il était. Ayant appris que dix heures étaient sonnées depuis déjà
longtemps, je me dépêchai de m'habiller. Je l'a-
voue, je n'avais pas envie d'aller au ministère, sachant à l'avance quelle vilaine mine ferait notre
chef de section. Déjà depuis longtemps il me dit :
« Qu'est-ce donc, frère, que toutes ces billevesées
que tu as dans la tête ? Tu t'agites parfois comme
un possédé ; tu embrouilles, d'autres fois, à tel
point une affaire que Satan lui-même ne s'y re-

trouverait pas; au titre tu mets une petite lettre, et tu ne mets ni date ni numéro d'ordre. » Maudit héron! il est sûrement jaloux de ce que je m'assieds dans le cabinet du directeur et que je taille les plumes pour Son Excellence. En un mot, je n'aurais pas été au ministère, si je n'avais pas eu l'espérance d'y rendre visite au caissier et, s'il y avait moyen, de demander à ce juif une petite avance, si petite fût-elle, sur mes appointements. En voilà encore un être! qu'il donne quelque chose à l'avance sur l'argent du mois, — Seigneur, mon Dieu! plus vite arrivera le jugement dernier (1). Demande, éclate même, sois dans le besoin, — il ne donnera rien, le vieux démon! Et à son logis, sa propre cuisinière lui donne des gifles; cela est connu de tout le monde. Je ne vois pas l'avantage de servir dans un ministère; on n'y a aucune ressource. Tandis que dans les régences de gouvernement, les administrations civiles et les chambres des finances, c'est une toute autre affaire; vois, celui-ci est serré dans un coin et y met du noir sur du blanc; son frac est malpropre; sa tête est

_____

(1) Les Russes disent : le terrible jugement.

si laide que tu en as envie de cracher (1) ; regarde pourtant quels émoluments il touche! Ne va pas lui porter une tasse en porcelaine dorée. « Cela, dirait-il, est un présent de docteur. » Mais donne-lui une paire de trotteurs, ou un drochki (2), ou une fourrure de castor de trois cents roubles. A première vue il est très doux, il vous dit très délicatement : « Ayez l'obligeance de me donner un canif pour tailler une plume », et pourtant il nettoie si bien le solliciteur, que celui-ci ne garde que sa chemise. A la vérité, le service, chez nous, est distingué; il y règne partout une telle propreté que la régence du gouvernement n'en aura jamais une pareille ; les tables sont en acajou, et les chefs ne tutoient pas... Oui, je l'avoue, si ce n'avait été cette distinction du service, j'aurais quitté le ministère depuis longtemps.

Je revêtis un vieux manteau, et pris un parapluie, car il tombait une pluie battante. Il n'y avait personne dans les rues ; seules, quelques vieilles femmes, se protégeant du revers de leur

(1) Cracher est un signe de mépris, très usité en Russie.
(2) Sorte de voiture.

robe ; aussi, des marchands russes sous leurs pa-
rapluies, et des courriers, frappèrent mes yeux.
En fait de gens comme il faut, je rencontrai seulement un collègue tchinovnik (1) ; je l'aperçus à
un carrefour. Quand je le vis, je me dis aussitôt :
« Eh ! non, pigeonneau, tu ne vas pas au ministère ; tu te presses derrière celle-là, qui court devant toi, et tu regardes ses petits pieds. » Quel
animal, que ce collègue tchinovnik ! Par Dieu, il
ne le cède à aucun officier ; que seulement passe
une femme en chapeau, sans faute il l'accroche.
Comme je pensais à cela, je vis une voiture s'arrêter devant un magasin, près duquel je me trou-
vais. Je la reconnus aussitôt : c'était la voiture de
notre directeur. « Mais qu'a-t-il besoin dans un
magasin ? pensai-je ; sûrement, c'est sa fille. » Je
me serrai le long du mur. Un laquais ouvrit la
portière, et elle s'envola de la voiture, comme un
oiseau. Lorsqu'elle regarda à droite et à gauche,
quand elle brilla des sourcils et des yeux... Seigneur mon Dieu, j'étais perdu, complètement
perdu ! Pourquoi l'ai-je rencontrée un tel jour de

(1) Employé d'administration.

pluie! Prétends donc maintenant que les femmes n'ont pas un grand amour des chiffons. Elle ne m'a pas reconnu, et j'ai fait exprès moi-même de m'envelopper le plus possible car j'avais sur moi un manteau très sale, et, de plus, d'ancienne forme. On porte maintenant les manteaux avec de longs collets, et les miens étaient courts, croisés l'un sur l'autre; et puis, le drap n'était pas tout à fait intact.

Sa petite chienne n'ayant pas eu le temps de passer par la porte du magasin, était restée dans la rue. Je connais cette petite chienne, on l'appelle Miedji. Une minute n'était pas écoulée, que j'entendis soudain une petite voix ténue : « Bonjour, Miedji! » En voilà une bonne! Qui a dit cela? Je regardai et aperçus deux dames abritées sous un parapluie, l'une vieille, l'autre jeune; mais elles étaient passées outre; et près de moi retentit de nouveau : « C'est une erreur, Miedji! » Que diable! je vis que Miedji se flairait avec une petite chienne, qui suivait les dames. « Hé! » me dis-je en moi-même, « non, sûrement, je ne suis pas ivre! Cela, je crois, m'arrive rarement. »

« Non, Fidèle, tu penses cela à tort », continua-t-elle. Je vis bien moi-même que Miedji parlait : « J'ai été, ouap! ouap! j'ai été, ouap! ouap! ouap! très malade! » Voyez cette petite chienne! Je l'avoue, je fus très étonné de l'entendre parler comme une personne; mais ensuite, lorsque j'eus examiné tout cela avec soin, je cessai d'être surpris. Véritablement, en ce monde, il se passe beaucoup de pareils exemples. On dit qu'en Angleterre un poisson sortit un jour au-dessus de l'eau et prononça deux mots dans une langue tellement bizarre, que depuis deux ans déjà les savants s'efforcent de la déterminer, sans avoir encore rien trouvé. J'ai lu également dans des journaux l'histoire de deux vaches, qui entrèrent dans une boutique et demandèrent une livre de thé. Mais, je l'avoue, mon étonnement grandit encore quand Miedji dit : « Je t'ai écrit, Fidèle; sûrement, Polkane n'a pas porté ma lettre! » Le diable m'emporte! Durant toute ma vie, je n'ai jamais entendu dire qu'un chien pût écrire! Un noble seul peut écrire correctement. Il est certain que quelques marchands, et encore le peuple serf écrivent parfois; mais leur écriture est le plus souvent mécanique : ni virgules, ni points, ni style.

J'étais très étonné. J'avoue que depuis peu de temps je commence à entendre et à voir des choses que personne n'a encore jamais vues ni entendues. « Je vais suivre », me dis-je en moi-même, « cette petite chienne et je saurai qui elle est, et ce qu'elle pense ». J'ouvris mon parapluie, et partis derrière les deux dames. Elles passèrent dans la Gorokhovaia, tournèrent dans la Miestchanskaia, de là dans la Stoliarnaia, passèrent enfin le pont Kokouchkine et s'arrêtèrent devant une grande maison. « Je connais cette maison », me dis-je en moi-même, « c'est celle de Zverkov». Quelle demeure ! Quel peuple n'y demeure-t-il pas : que de cuisinières, que de forains ; et mes collègues tchinovniks, comme des chiens, sont les uns sur les autres. Mais j'ai là un ami, qui joue divinement de la trompette. Les dames montèrent au cinquième étage. « Parfait ! » pensai-je, « je ne vais pas aller plus loin ; je noterai l'endroit, et, à la première occasion, je ne manquerai pas d'en profiter ».

4 octobre.

C'était aujourd'hui mercredi ; aussi ai-je été

chez notre directeur dans son cabinet. J'y suis
allé exprès de bonne heure, et, m'étant assis, j'ai
retaillé toutes les plumes. Notre directeur doit
être un homme très intelligent. Tout son cabinet
est garni de bibliothèques. J'ai lu le titre de certains volumes : c'est tout de l'érudition, et une
telle érudition que nous n'y pouvons pas mordre,
— tout est en français ou en allemand. Et regarde
dans sa figure : hum! quelle gravité brille dans
ses yeux! Je n'ai encore jamais entendu qu'il ait
dit un mot superflu. Seulement, parfois, quand
on lui apporte un papier, il demande : « Quel
temps fait-il dehors? » — « Pluvieux, votre Excellence! » Oh! non, il ne fait pas la paire avec
nous! C'est un homme d'Etat. — Je remarque,
toutefois, qu'il m'aime particulièrement. Si sa fille
de même... eh! coquin!... Rien, rien, silence!

J'ai lu « La petite Abeille ». Ces Français sont
un peuple stupide! Voyons, que veulent-ils? Je les
saisirais tous, par Dieu, et les passerais aux
verges! J'ai lu aussi le très aimable récit d'un bal,
décrit par un pomiestchik (1) de Koursk. Les

(1) Propriétaire d'un domaine.

pomiestchiks écrivent très bien. J'observai ensuite qu'il était plus de midi et demi, et que notre
directeur n'était pas sorti de sa chambre à coucher. Mais vers une heure et demie, se passa un
fait qu'aucune plume ne saurait raconter. La
porte s'ouvrit ; je pensai que c'était le directeur,
et m'élançai de ma chaise avec des papiers; mais
c'était elle, elle-même! Saints du ciel ! quelle
splendeur! Et quand elle regarda, — un soleil!
par Dieu, un soleil! Elle salua et demanda :
« Papa n'est donc pas ici? » Aïe, aïe, aïe! quelle
petite voix! Un canari, en vérité, un canari!
« Votre Excellence », voulais-je lui dire, « n'ordon-
nez pas de me frapper; mais si pourtant vous
voulez frapper, alors, que ce soit de votre me-
notte aristocratique! » Mais, le diable m'emporte,
la langue ne tourna pas, et je répondis simplement : « Il n'est pas ici. » Elle regarda vers moi,
vers les livres, et laissa tomber son mouchoir. Je
me précipitai, glissai sur le maudit parquet et
c'est juste si je ne me décollai pas le nez; pourtant je me rattrapai, et atteignis le mouchoir.
Saints du ciel, quel mouchoir! le plus fin, en
batiste, — de l'ambre, absolument de l'ambre! et

de lui s'exhalait comme une odeur de généralat!
Elle me remercia et sourit presque, de sorte que
ses lèvres de sucre se touchèrent légèrement, et
elle s'en alla. Je restai encore assis durant une
heure. Un laquais arriva soudain et me dit : « Re-
tournez chez vous, Akcentii Ivanovitch, mon
maître ne sortira pas de chez lui. » Je ne puis
souffrir la race des laquais; elle est toujours
étendue dans l'antichambre et ne daigne même
pas faire un signe de tête. Cela n'est encore rien ;
un jour un de ces animaux, oubliant son rang, se
permit de m'offrir du tabac. Mais sais-tu, toi, serf
stupide, que je suis tchinovnik, que je suis de
race noble?

Je pris toutefois mon chapeau, mis moi-même
mon manteau, car ces messieurs ne vous le pré-
sentent jamais, et je sortis. À la maison je restai
sur mon lit la plus grande partie du temps. Je
copiai ensuite de très beaux vers :

N'ayant pas vu ma petite âme depuis une heure,
J'ai pensé ne pas l'avoir vue de toute l'année.
       Détestant mon existence,
       Puis-je vivre? me disais-je.

Cette œuvre doit être de Pouchkine. Le soir, ayant mis mon manteau, j'allai vers le perron de Son Excellence et attendis longtemps, si elle ne viendrait pas s'asseoir dans la voiture, pour la revoir encore une fois; mais non, elle n'est pas sortie.

6 novembre.

Notre chef de section est furieux. Quand je suis arrivé au ministère, il m'a appelé à lui, et a commencé à me parler ainsi : « Allons, dis-moi, s'il te plaît, ce que tu fais? — Comment, ce que je fais? Je ne fais rien, ai-je répondu. — Allons! réfléchis donc un peu! Tu as bien quarante ans sonnés, — il est temps d'acquérir un peu d'esprit. Que t'imagines-tu? Tu penses que je ne connais pas toutes tes espiègleries? Voilà que tu fais la cour à la fille du directeur! Voyons, regarde-toi et réfléchis à ce que tu es! Mais tu n'es qu'un zéro, rien de plus. Tu n'as pas un groch (1) de fortune! Examine un peu ta figure dans la glace, — où as-tu été imaginer pareille chose? »

(1) Pièce de monnaie valant deux kopeks (4 centimes).

Le diable m'emporte si son visage à lui ne ressemble pas à une ampoule d'apothicaire; sur la
tête, il a une touffe de cheveux tressée en huppe,
qu'il élève en l'air, et l'ayant graissée de pommade
à la rose, il croit qu'à lui seul tout est possible. Je
comprends; je comprends ce qui l'irrite contre
moi. Il me porte envie; il a vu, peut-être, les
marques de préférence qui me sont témoignées.
Mais je crache sur lui! La belle affaire qu'un
conseiller de cour (1)! Il porte une chaîne de
montre en or, commande des bottes à trente roubles,
mais que le diable l'enlève! Est-ce que, moi, je fais
partie des roturiers, des tailleurs, ou des enfants
de sous-officiers? Je suis noble. Eh quoi, moi
aussi, je puis faire mon chemin dans le service.
Attends, l'ami! Nous deviendrons aussi colonel, et,
peut-être, si Dieu aide, quelque chose de mieux
encore. Nous aussi, nous acquerrons un appartement, et plus beau que le tien! Que t'es-tu donc
fourré dans la tête, de croire qu'à part toi il n'y a
pas d'homme comme il faut? Donne-moi seulement un frac de cérémonie, à la mode, et attache-

(1) Septième degré des tchines ou rangs, en Russie.

moi une cravate comme la tienne, — tu ne seras pas digne alors de me déchausser! Je n'ai pas de fortune, — voilà le malheur.

8 novembre.

J'ai été au théâtre. On jouait *le Bouffon russe Filatka*. J'ai beaucoup ri. Il y avait aussi un certain vaudeville, en vers amusants, sur les avocats, particulièrement sur un certain registrateur de collège (1), vers très hardiment écrits, tellement même que je m'étonnai que la censure les eût laissés passer; et, sur les marchands, on disait, sans détour, qu'ils dupent le peuple, et que leurs fils font la noce et jouent aux nobles. Il y avait encore un couplet très drôle contre les journalistes : qu'ils aiment dire du mal de tout, et que l'auteur demande au public sa protection. Les écrivains de notre époque écrivent des pièces fort amusantes. J'aime aller au théâtre. Quand seulement un groch se promène dans la poche, — on ne peut se retenir d'y aller. Et pourtant, parmi nos collègues

(1) Quatorzième degré — le dernier — des rangs, en Russie.

tchinovniks, il y a de tels animaux qui ne vont jamais au théâtre, de propos délibéré, à moins qu'on ne leur donne un billet gratuit. Une actrice jouait très bien. Je pense à elle... Eh! coquin!... Rien, rien... silence.

9 novembre.

Sur les huit heures, je suis allé au ministère. Le chef de section a fait une figure comme s'il ne remarquait pas mon arrivée. Et moi aussi, de mon côté, j'ai fait comme s'il n'y avait rien de commun entre nous. J'ai revu et collationné des papiers. Je suis parti à quatre heures. Je suis passé près de l'appartement du directeur, mais je n'ai rien vu. Après le dîner, j'ai passé presque tout le temps dans mon lit.

11 novembre.

Aujourd'hui, j'ai été m'installer dans le cabinet de notre directeur, et ai retaillé vingt-trois plumes pour lui, et pour elle... aïe! aïe!... pour Son Excellence, quatre plumes. Notre directeur aime

beaucoup qu'il y ait pas mal de plumes. Oh! ce
doit être une forte tête! Toujours il se tait, mais
dans sa tête, je pense, il examine tout. Je voudrais
savoir à quoi il réfléchit le plus. Je voudrais voir
de plus près la vie de ces messieurs, toutes ces in-
trigues et ruses de cour. Comment ils sont, ce
qu'ils font dans leur cercle — voilà ce que je désirerais connaître! J'ai pensé quelquefois à lier con-
versation avec Son Excellence; seulement, le
diable m'emporte, la langue n'obéit pas du tout;
on dit seulement qu'il fait froid ou tiède dehors,
et on ne dit décidément rien de plus. Je désirerais
regarder dans le salon, dont on voit parfois la
porte ouverte, et, derrière le salon, dans une certaine chambre, oh! quelle riche ornementation!
Quelles glaces et porcelaines! Je voudrais regarder
là, dans cette partie, où est Son Excellence Mademoiselle — voilà où je voudrais me trouver! dans
le boudoir; comment sont tous ces petits pots,
ces petites fioles, ces fleurs telles qu'il est effrayant
de les flairer; comment gît sa robe, jetée au vent,
plus semblable à l'air qu'à une robe. Je voudrais
regarder dans la chambre à coucher... Là, je pense,
sont des merveilles; là, je pense, c'est le paradis,

tel qu'il n'y en a pas dans les cieux. Examiner ce petit coussin, sur lequel, en sortant du lit, elle pose son pied; la voir revêtir ce pied d'un bas blanc comme la neige... Aïe! aïe! aïe! rien, rien... silence.

Voilà pourtant qu'aujourd'hui un rayon m'a illuminé, et je me suis souvenu de ce dialogue entre les deux petites chiennes, que j'avais entendu sur la perspective Nevski. « Parfait! ai-je pensé en moi-même; à présent je vais tout connaître. Il me faut prendre la correspondance que ces deux vilaines petites bêtes ont échangée entre elles. Là, certainement, je saurai quelque chose. » Je l'avoue, j'avais déjà appelé une fois Miedji auprès de moi, et je lui avais dit : « Écoute, Miedji, voilà que nous sommes en ce moment seuls; si tu le désires, je puis même fermer la porte, pour que personne ne puisse nous voir; raconte-moi tout ce que tu sais sur ta maîtresse, ce qu'elle est et comment elle vit. Je te jure de n'en rien dire à personne. » Mais la rusée petite chienne mit sa queue entre ses pattes, se replia sur elle-même et gagna doucement la porte, comme si elle n'avait rien entendu. Depuis longtemps je soupçonnais que le chien est plus intelligent que l'homme ; j'étais déjà certain qu'il peut parler, et que ce n'est chez lui qu'affaire d'entêtement. C'est un extraordinaire politique ; il remarque tout, tous les pas de l'homme. Oui, quoi qu'il arrive, demain je me rendrai à la maison de Zverkov, j'interrogerai Fidèle, et, si je puis, je saisirai toutes les lettres que Miedji lui a écrites.

12 novembre.

Sur les deux heures de l'après-midi, je suis parti pour aller voir Fidèle et l'interroger. Je déteste cette odeur de chou qui sort de toutes les petites boutiques, dans la Miestchanskaia ; de dessous les portes de chaque maison, arrive une telle horreur que, me bouchant le nez, j'ai couru à toutes jambes. De vils artisans y laissent aussi échapper de leurs ateliers une telle quantité de suie fine et de fumée, qu'il est absolument impossible à un homme comme il faut de se promener en cet endroit. Lorsque je fus arrivé au sixième étage et que j'eus tiré la sonnette, je vis paraître une jeune

fille, pas trop laide, avec de petites taches de
rousseur. Je la reconnus : c'était la même qui était
avec la vieille dame. Elle rougit un peu, et aussitôt
je compris : « Toi, tu cherches un mari. » — «Que
désirez-vous? demanda-t-elle. — Je désirerais parler à votre petite chienne. » Cette jeune fille était
sotte. J'ai reconnu tout de suite qu'elle était sotte!
La petite chienne accourut, en ce moment, en
aboyant; je voulus la saisir, mais, la vilaine, elle
m'attrapa presque le nez avec ses dents. Je vis,
toutefois, son lit dans un coin. Eh! voilà bien ce
qu'il me faut! Je m'en approchai, remuai la paille
dans la corbeille en bois, et, à ma grande joie, re-
tirai un petit paquet de papiers menus. La maudite
petite chienne, en voyant cela, commença à me
sauter aux mollets; mais ensuite, quand elle s'aperçut que j'avais pris les papiers, elle se mit à aboyer
et à me flatter : « Non, colombe, adieu! » lui
dis-je, et je me précipitai dehors. Je crois que la
jeune fille m'a pris pour un fou, car elle semblait
très effrayée. De retour chez moi, je voulais aussitôt me mettre à l'ouvrage et examiner ces lettres,
parce qu'à la lumière je vois un peu difficilement.
Mais Mavra avait entrepris le lavage du plancher.

Ces sottes Tchoukhouki (1) sont toujours propres mal à propos. Et, à cause de cela, j'ai été me promener et réfléchir à cette aventure. Maintenant, enfin, je vais connaître tous les faits, toutes les pensées, tous les ressorts, et je vais démêler tout cela. Ces lettres me découvriront tout. Les chiens sont une race intelligente; ils savent toutes les relations politiques, et ainsi, sûrement, tout se trouve là : le portrait et les affaires de cet homme. Là aussi je trouverai quelque chose sur celle... rien, silence ! Je suis rentré le soir chez moi, et je suis resté au lit la plus grande partie du temps.

13 novembre.

Ah, voyons ! examinons ! Une lettre assez lisible ; peut-être dans l'écriture y a-t-il quelque chose de canin. Lisons d'un bout à l'autre !

« Chère Fidèle ! Je ne puis toujours pas m'habituer à ton nom bourgeois. Comme si l'on n'aurait pas pu t'en donner un mieux ? Fidèle, Rosa, — quel mauvais ton ! Pourtant, laissons tout cela

(1) Finnoises.

de côté. Je suis très heureuse que nous ayons imaginé de nous écrire l'une à l'autre. »

La lettre est très correctement écrite. La ponctuation, et même la lettre « iati » (1) y sont partout à leur place. Non, notre chef de section n'écrit pas ainsi, quoiqu'il dise avoir étudié dans une Université. Voyons plus loin.

« Il me semble que faire part à un autre de ses pensées, de ses sentiments, de ses impressions, est un des plus grands plaisirs en ce monde. »

Hem! cette pensée est tirée d'un ouvrage, traduit de l'allemand. J'ai oublié le titre.

« Je dis cela par expérience, quoique je n'aie jamais été dans le monde plus loin que la porte de notre maison. Ma vie ne s'écoule-t-elle pas dans l'abondance? Ma maîtresse, que son papa appelle Sophie, m'aime follement. »

Aïe! aïe!... rien, rien. Silence.

« Le papa aussi me flatte souvent. Je bois du thé et du café à la crème. Ah! ma chère (2), je dois te dire que je ne trouve aucun plaisir dans

_____

(1) L'emploi correct de cette lettre est une des difficultés de la langue russe.

(2) Ce mot est en français, dans le texte.

les gros os rongés, que dévore à la cuisine notre
Polkane. Je n'aime, en fait de gros os, que ceux
de gibier, et encore quand personne n'en a sucé la
moelle. Il est très bon de mélanger avec un peu
de sauce, mais sans câpres ni légumes ; mais je ne
sais rien de pire que l'habitude de donner aux
chiens des boulettes de pain roulées. Un certain
monsieur, assis à une table, qui a pris dans ses
mains toutes sortes de saletés, y pétrit du pain,
t'appelle et te fourre la boulette entre les dents.
Refuser serait désobligeant, — alors, tu avales,
avec dégoût, mais tu avales... »

Le diable sait ce que veut dire cela ! Quelles
bêtises ! Comme s'il n'y avait pas de sujet préférable, pour écrire. Voyons une autre page, s'il s'y
trouvera quelque chose de plus raisonnable.

« Je suis prête, avec un très grand plaisir, à te
raconter tous les faits qui se passent chez nous.
Je t'ai déjà parlé du maître, que Sophie appelle
papa. C'est un homme très étonnant..... »

Ah ! voilà, enfin ! Oui, je le savais ; en eux se
trouve une vue politique sur tous les sujets.
Voyons sur le papa.

« ...un homme très étonnant. Il reste presque

toujours silencieux ; il parle très rarement. La
semaine dernière, il se disait tout le temps à lui-
même : « L'aurai-je ou ne l'aurai-je pas? » Il
prenait un papier dans une main, fermait l'autre
main vide et disait : « L'aurai-je ou ne l'aurai-je
» pas? » Il se tourna une fois vers moi et me demanda : « Qu'en penses-tu, Miedji? l'aurai-je ou
» ne l'aurai-je pas ?... Je ne pus comprendre bien ;
je flairai ses bottes, et sortis. Ensuite, ma chère (1),
au bout d'une semaine, le papa rentra tout
radieux. Toute la matinée, vinrent à la maison
des messieurs en uniforme, qui le félicitèrent de
quelque chose. A table, il était plus joyeux que
je ne l'avais encore jamais vu, et racontait des
histoires. Et après le repas, il me prit par le cou
et me dit : « Regarde donc, Miedji, ce que c'est
» que cela. » J'aperçus un petit ruban. Je le flairai,
mais, en vérité, il n'avait aucune odeur ; enfin, je
léchai doucement : c'était un peu salé..... »

Hem! Cette petite chienne, il me semble, est
par trop..... Que ne la fouette-t-on? Ainsi, il est
ambitieux. Cela est bon à noter.

(1) Ce mot est en français dans le texte.

« Adieu, ma chère (1)! Je me sauve... *et cœtera*... demain je terminerai ma lettre. — Ah! bonjour! Je suis de nouveau à toi. Aujourd'hui, ma maîtresse Sophie..... »

Ah! voyons! quoi, sur Sophie?...Eh! coquin!... Rien, rien... Continuons :

« ...ma maîtresse Sophie était en très grand remue-ménage. Elle se préparait pour un bal, et j'ai été très heureuse en pensant que durant son absence je pourrais t'écrire. Ma Sophie est toujours ravie d'aller au bal, bien qu'elle manque chaque fois de se fâcher en s'habillant. Je ne puis comprendre pourquoi les gens s'habillent. Pourquoi ne vont-ils pas comme nous, par exemple? On est très bien et plus tranquille. Je ne comprends pas non plus, ma chère, le bonheur d'aller au bal. Sophie revient toujours du bal sur les six heures du matin, et je devine presque chaque fois, à son air pâle et vide, qu'on ne lui a rien donné à manger, la malheureuse! Je l'avoue, je ne pourrais pas vivre ainsi. Si l'on ne me donnait pas de la sauce avec une gélinotte, ou une petite aile de

---

(1) Ce mot est en français dans le texte.

poulet rôti; alors, je ne sais ce qui m'arriverait.
La sauce au gruau est également très bonne ; mais
la carotte, ou le navet, ou les artichauts, — tout
cela ne vaut rien..... »

Ce style est extraordinairement inégal. On voit
tout de suite que ce n'est pas un homme qui écrit ;
cela commence convenablement, et cela finit en
chiennerie. Voyons encore une autre lettre. Quelque chose d'un peu long. Hem ! il n'y a pas
de date.

« Ah ! très chère, comme on ressent l'approche
du printemps ! Mon cœur bat, comme s'il attendait
quelque chose. J'ai dans les oreilles un bourdon-
nement perpétuel, si bien que parfois, levant la
patte, je reste quelques minutes à écouter à la
porte. Je te dévoilerai que j'ai beaucoup de cour-
tisans. Je les regarde quelquefois, assise à la
fenêtre. Ah ! si tu savais comme il y en a de laids
parmi eux ! L'un d'eux, grossier, chien de basse-
cour, effrayamment bête, portant la stupidité
écrite sur sa figure, va gravement dans la rue,
s'imagine qu'il est un personnage remarquable,
et pense que tout le monde le regarde. Oh ! que
non ! Je n'ai pas du tout tourné mon attention

vers lui, — comme si je ne le voyais pas. Et quel
dogue effrayant se tient aussi devant ma fenêtre !
S'il se levait sur ses pattes de derrière, ce que le
rustre, certainement, ne sait pas faire, il dépasse-
rait de toute la tête le papa de ma Sophie, qui
pourtant est de très haute taille et gros. Ce butor
doit être un terrible insolent. J'ai grogné après
lui, mais cela lui fait peu ; il n'a même pas froncé
les sourcils ! il a tiré la langue, laissé tomber ses
grosses oreilles et regardé par la fenêtre — comme
un moujik (1) ! Mais est-il possible que tu penses,
ma chère (2), que mon cœur est indifférent à
toutes les recherches ? Oh ! non... Si tu voyais un
certain chevalier, qui s'est introduit à travers la
clôture de la maison voisine ! il s'appelle Trésor... Ah ! ma chère, comme il a un petit museau !... »

Pouah ! au diable !... Quelles fadaises ! Comment peut-on remplir une lettre de pareilles
bêtises ! Donnez-moi un homme ! Je veux voir
l'homme ; je demande un aliment spirituel, —

(1) Paysan.
(2) Ce mot est en français dans le texte.

qui nourrisse et charme mon âme ; et, au lieu de cela, quelles futilités !... Tournons la page ; ce sera peut-être mieux.

« .... Sophie était assise près d'une table et cousait quelque chose. Je regardais par la fenêtre, car j'aime examiner les passants, quand, soudain, entre un domestique qui dit : « Teplov ! — » Qu'il entre ! » s'écria Sophie, et elle se précipita pour m'embrasser. « Ah ! Miedji, Miedji ! Si tu » savais qui c'est ! un brun, gentilhomme de la » chambre, et quels yeux ! noirs, comme de » l'agate ! » Et Sophie se sauva chez elle. Une minute après, entra le jeune gentilhomme de la chambre, en favoris noirs ; il alla vers la glace, rectifia ses cheveux et examina la pièce. Je grognai et m'assis à ma place. Sophie entra bientôt, salua joyeusement par une révérence ; moi, comme si je ne remarquais rien, je continuai à regarder par la fenêtre ; pourtant, j'inclinai un peu la tête de côté, et cherchai à entendre ce qu'il disaient. Ah ! ma chère (1), de quelles bêtises ils parlaient ! Ils causaient sur ceci, qu'une

(1) Ce mot est en français dans le texte.

dame, en dansant, au lieu d'une figure, en avait
fait une autre ; aussi, qu'un certain Bobov, avec
son jabot, était pareil à une cigogne, et avait
manqué de tomber ; qu'une nommée Lidina
croyait avoir les yeux bleus, au lieu qu'elle les
avait verts, — et d'autres choses semblables.

« Comment pensais-je en moi-même, comparer
» ce gentilhomme de la chambre avec Trésor ! Ciel !
» quelle différence ! D'abord, le visage de ce gen—
» tilhomme est large et complètement plat, et tout
» autour sont des favoris, comme s'il l'enveloppait
» d'un mouchoir noir ; au lieu que Trésor a un
» petit museau fin, et sur la tête une petite tache
» blanche. Pour la taille, il est impossible de com-
» parer Trésor avec le gentilhomme de la chambre.
» Mais les yeux, l'abord, les manières, ce n'est plus
» du tout cela. Oh ! quelle différence ! Je ne
» sais, ma chère (1), ce qu'elle trouve dans son
» Teplov. De quoi est-elle donc ravie en lui ?... »

Il me semble à moi-même qu'il y a là quelque
chose d'inexact. Il ne se peut pas que Teplov ait
pu ainsi la charmer. Voyons plus loin.

(1) Ce mot est en français dans le texte.

« Il me semble que si ce gentilhomme lui convient, alors lui conviendra vite aussi ce tchinovnik qui s'assied dans le cabinet du papa. Ah ! ma chère (1), si tu le connaissais, quel monstre ! Absolument une tortue dans un sac... »

Quel tchinovnik est-ce donc ?

« Son nom de famille est très bizarre. Il est toujours assis et taille des plumes. Ses cheveux, sur sa tête, ressemblent énormément à du foin. Le papa l'envoie chercher parfois à la place du domestique... »

Il me semble que cette hideuse petite chienne fait allusion à moi. Où a-t-elle vu que mes cheveux ressemblent à du foin ?

« Sophie ne peut s'empêcher de rire, quand elle le regarde... »

Tu mens, maudite petite chienne ! Quelle mauvaise langue ! Comme si je ne savais pas que c'est là de la jalousie ! Comme si je ne savais pas de qui est ce tour ! C'est un tour du chef de section. Cet homme m'a juré en effet une implacable haine, — et voilà qu'il me nuit et me nuit, et à

(1) Ce mot est en français dans le texte.

chaque pas me nuit. Voyons, pourtant, encore une lettre. Là, peut-être, l'affaire se dévoilera d'elle-même.

« Ma chère (1) Fidèle, excuse-moi, si je ne t'ai pas écrit depuis longtemps. J'étais en complet enivrement. En vérité, un certain écrivain a dit avec raison que l'amour est une seconde vie. Il y a eu en outre de grands changements chez nous. Le gentilhomme de la chambre est maintenant à la maison tous les jours. Sophie est amoureuse de lui à la folie. Le papa est très content. J'ai même entendu dire par notre Grigorii, qui balaye le plancher et cause, presque toujours, tout seul, que la noce se fera bientôt, car le papa veut absolument voir Sophie ou avec un général, ou un gentilhomme de la chambre, ou un colonel de l'armée... »

Le diable l'emporte ! je ne puis lire davantage. Tout est là : ou un gentilhomme de la chambre, ou un général. Tout ce qu'il y a de mieux au monde, tout cela sera ou à un gentilhomme de la chambre ou à un général. Mais aie seulement

(1) Ce mot est en français dans le texte.

de la richesse, demande sa main, et alors sous toi disparaîtront le gentilhomme de la chambre et le général. Le diable l'enlève ! Je voudrais devenir général, non pas pour demander sa main et le reste, — non, je voudrais être général, pour voir comme ils seraient étonnés et useraient de toutes leurs ruses et équivoques de cour, et pour leur dire, ensuite, que je crache sur eux deux ! Le diable m'emporte, c'est ennuyant ! J'ai déchiré en petits morceaux les lettres de cette stupide chienne.

3 décembre.

Ce ne peut être. Des sornettes ! Il n'y aura pas de mariage ! Eh bien ! quoi ? s'il est gentilhomme de la chambre ? Cela n'est rien de plus qu'une dignité, il n'y a pas là une chose visible qu'on puisse prendre dans les mains. En effet, par le fait qu'il est gentilhomme de la chambre, il n'a pas un troisième œil d'ajouté sur le front. Son nez n'est pas fait en or, mais est comme le mien, comme celui de chacun ; et par ce nez, il flaire, et ne mange pas, il éternue, et ne tousse pas. J'ai déjà plusieurs fois voulu approfondir d'où viennent toutes ces variétés. Pourquoi suis-je conseiller titulaire (1), et d'où provient cela? Peut-être bien que je ne suis pas du tout conseiller titulaire. Peut-être suis-je quelque comte ou général, et, en apparence seule, suis-je conseiller titulaire. Peut-être ne suis-je pas ce que je pense. Combien d'exemples de cela dans l'histoire : un homme ordinaire, même pas noble, mais simplement bourgeois et parfois paysan, tout à coup se découvre comme un gentilhomme ou un baron ou quelque chose de semblable.

Quand d'un paysan peut sortir telle chose, que peut-il sortir d'un noble? Tout à coup, par exemple, j'arrive en uniforme de général... sur mon épaule droite une épaulette, sur la gauche une épaulette, et en sautoir un ruban bleu. — Quoi? que chantera alors ma belle? Que dira le papa lui-même, notre directeur? Oh! c'est un très grand ambitieux! C'est... un franc-maçon, sûrement un franc-maçon; quoiqu'il feigne ceci et cela, j'ai tout de suite remarqué qu'il est franc-

(1) 9ᵉ degré des rangs ou tchines.

maçon : quand il vous donne la main, il avance seulement deux doigts. Mais est-ce que je ne puis pas être promu en ce moment général-gouverneur ou intendant, ou quelque autre chose ? Je voudrais savoir pourquoi je suis conseiller titulaire ? Pourquoi justement conseiller titulaire ?

5 décembre.

Aujourd'hui, j'ai lu toute la matinée des journaux. Il se passe de singulières choses en Espagne. Je ne puis même pas les comprendre très bien. On écrit que le trône est vacant, que les pouvoirs se trouvent dans une position difficile pour élire un successeur, et que de là résultent des troubles. Je trouve cela très étrange. Comment un trône peut-il être vacant ? On dit qu'une certaine doña doit monter sur ce trône. Cela ne se peut pas. Sur un trône, il doit y avoir un roi. « Sans doute, dit-on, mais il n'y a pas de roi ! » Il ne peut pas se faire qu'il n'y ait pas de roi. Un Etat ne peut être sans roi. Il y a un roi ; seulement il se trouve quelque part incognito. Il se trouve peut-être même ici, mais des raisons quelconques, ou des affaires de famille, ou des craintes du côté des États voisins : la France et les autres pays, le forcent à se cacher ; il peut y avoir encore d'autres motifs.

8 décembre.

J'étais tout à fait décidé à aller au ministère, mais diverses raisons et réflexions m'ont retenu. Les affaires d'Espagne ne peuvent toujours pas me sortir de la tête. Comment peut-il arriver qu'une doña devienne reine ? On ne le permettra pas. Et d'abord l'Angleterre ne le permettra pas. Et en outre aussi les affaires politiques de toute l'Europe, l'empereur d'Autriche, notre empereur. Je l'avoue, ces événements m'ont tellement agité et énervé, que je n'ai pu m'occuper de rien durant toute la journée. Mavra m'a fait observer qu'à table j'étais extraordinairement distrait. Et, en effet, j'ai jeté sur le plancher deux assiettes, par distraction, paraît-il, qui se sont brisées. Après le dîner, j'ai été près de la montagne : je n'en ai pu retirer rien d'utile. La plus grande partie du temps, je suis resté sur mon lit et j'ai réfléchi aux affaires d'Espagne.

Année 2000, 43 avril.

Aujourd'hui est le jour du suprême triomphe. Il y a un roi en Espagne. Il est trouvé, le roi, — c'est moi. C'est seulement aujourd'hui que j'ai su cela. Je l'avoue, tout en moi s'est éclairé soudain comme d'un éclair. Je ne comprends pas comment j'ai pu croire et m'imaginer que j'étais conseiller titulaire. Comment cette idée insensée, folle, a-t-elle pu me venir dans la tête? Le mieux, c'est qu'encore personne ne s'est avisé de m'enfermer dans une maison de fous. A présent, tout s'est révélé à moi. A présent, je vois tout, comme sur la paume de ma main. Et auparavant, je ne comprenais pas ; auparavant, tout était devant moi comme dans un brouillard. Et tout cela vient, je pense, de ce que les gens s'imaginent que le cerveau humain se trouve dans la tête ; pas du tout : il est apporté par un vent du côté de la mer Caspienne. D'abord, j'ai averti Mavra qui j'étais. Quand elle a appris qu'elle avait devant ses yeux le roi d'Espagne, alors elle a frappé des mains et a failli mourir de peur : c'est une sotte qui n'a

encore jamais vu un roi d'Espagne. Je me suis
toutefois efforcé de la tranquilliser, et, par des
paroles aimables, de lui donner foi en ma bienveillance, lui disant que je ne suis pas irrité de ce
qu'elle m'a parfois mal nettoyé mes bottes. C'est
en effet du bas peuple, et il est impossible de
leur parler de choses élevées. Elle était terrifiée,
parce qu'elle s'imaginait que tous les rois en
Espagne ressemblaient à Philippe II. Mais je lui
ai expliqué qu'entre moi et Philippe il n'y a à peu
près aucune analogie, et qu'auprès de moi ne se
trouve pas de capucin. Je n'ai pas été au ministère. Qu'ils aillent au diable! Non, mes chers,
maintenant vous ne m'attirerez pas : je ne vais
plus transcrire vos sordides papiers !

86 Martobre, entre le jour et la nuit.

Notre huissier est venu aujourd'hui, pour me
prier d'aller au ministère, car, déjà depuis plus de
trois semaines, je ne vaque plus à mes fonctions.

Mais les hommes sont injustes : ils font leurs
comptes par semaines. Ce sont les juifs qui mettent
cela en usage, parce que, durant ce temps, leur

14

rabbin se lave. Pourtant, par plaisanterie, je me suis rendu au ministère. Le chef de section se figurait que j'allais le saluer et lui faire des excuses, mais je l'ai regardé indifféremment, sans trop de colère ni de bienveillance, et je me suis assis à ma place, comme si je ne voyais personne. Je regardais toute cette clique bureaucratique, et je pensais : « Qu'arriverait-il s'ils savaient qui est assis parmi eux ? » Seigneur Dieu, que d'absurdités ils feraient! Et le chef de section lui-même commencerait à me saluer jusqu'à terre, comme il salue maintenant notre directeur. Devant moi on apporta quelques papiers, pour que j'en fisse un extrait. Mais je n'y touchai même pas du doigt. Au bout de quelques minutes, l'agitation s'empara de tous. On disait que le directeur allait passer. Beaucoup de tchinovniks s'empressaient à l'envi, pour se montrer à lui ; mais moi je ne bougeai pas de place. Quand il passa dans notre section, tous boutonnèrent leur frac; mais moi je n'en fis absolument rien. Qu'est-ce qu'un directeur? Que je me lève devant lui, — jamais ! Quel est ce directeur? C'est un bouchon et non un directeur. C'est un bouchon ordinaire, un simple bouchon, pas autre

chose, — comme celui dont on bouche une bou-
teille. Ce qui a été le plus amusant pour moi, ce
fut quand on m'apporta un papier à signer. Ils pensaient qu'au bas de la feuille j'écrirais : « Le chef
de bureau un tel. » — Quelle erreur! A la tête du
papier, là où signe le directeur du ministère, je
griffonnai : « Ferdinand VIII. » Il aurait fallu voir
quel respectueux silence régna; mais je fis seulement signe de la main, en disant : « Je ne demande aucune marque de sujétion! » et je sortis.
De là, j'allai droit à l'appartement du directeur. Il
n'y était pas. Un laquais voulut m'empêcher d'en-
trer, mais je lui dis une chose telle qu'il en laissa
tomber les mains. Je me dirigeai droit vers le cabinet de toilette. Elle était assise devant sa glace;
elle sursauta et s'écarta de moi. Je ne lui avais
pourtant pas dit que j'étais le roi d'Espagne. Je
lui dis seulement qu'un bonheur allait lui arriver,
si grand qu'elle ne pouvait se le figurer, et que,
malgré les pièges de nos ennemis, nous serions
l'un à l'autre. Je ne voulus rien lui dire de plus, et
je m'en allai. Oh! c'est un être audacieux que la
femme! A présent seulement, je comprends ce
qu'est la femme! Jusqu'ici personne ne savait ce

dont elle est amoureuse; le premier, je l'ai trouvé.
La femme est amoureuse du diable. Oui, sérieuse-
ment. Les physiciens écrivent des bêtises, qu'elle
est ceci et cela, — elle aime seulement le diable.
Tenez, voyez là-bas, d'une loge de premier rang,
elle braque une lorgnette. Vous vous imaginez
qu'elle regarde ce gros monsieur, qui a une plaque
d'ordre? Nullement : elle regarde le diable, qui se
trouve dans son dos. Voilà qu'il se cache sous le
frac. Voilà que de là il l'appelle du doigt! Et elle
ira derrière lui, elle ira. Regardez tous ceux-ci,
des gradés; regardez-les. Ils intriguent et se glissent
à la cour et se disent patriotes, et ceci, et cela : ce
sont des arendes (1) que veulent ces patriotes, de
bonnes arendes. Ils livreront leur mère, leur père,
Dieu, pour de l'argent, ces ambitieux, qui vendent
le Christ! Tout cela n'est qu'ambition, et cette ambition vient de ce que, sous la langue, il y a un
petit bouton, et, à l'intérieur de ce bouton, un
petit ver, gros comme une tête d'épingle; et l'auteur de tout cela est un certain barbier, qui de-

(1) Terres que le Tsar donne en récompense à ses employés
retraités et aussi à tous ceux qui lui plaisent. Ces terres sont
prises sur les biens gouvernementaux.

meure dans la Gorokhovaïa. Je ne me souviens
plus comment on l'appelle; mais on sait de reste,
qu'avec une sage-femme, il veut propager dans le
monde entier le mahométisme, et c'est pour cela
qu'en France, dit-on, la plus grande partie du
peuple reconnaît la foi de Mahomet.

Pas de date. Le jour n'avait pas de date.

J'ai été incognito sur la perspective Nevski.
L'empereur s'y promenait. Tout le monde ôtait son
chapeau et j'ai fait de même; pourtant, je n'ai
donné aucune marque que je fusse le roi d'Espagne. J'ai pensé qu'il serait indécent de me ré-
véler ainsi devant tous; il est nécessaire auparavant
d'être présenté à la cour. Ce qui m'en a empêché,
c'est que jusqu'à présent je n'ai pas de costume
national espagnol. Si j'avais quelque manteau!
Je voulais le commander à un tailleur, mais ce
sont des ânes complets; en outre, ils négligent
leur travail, s'adonnent aux affaires, et presque
tout le temps battent le pavé dans la rue. Je me
suis décidé à faire un manteau avec un sous-uni-
forme neuf, que je n'ai encore revêtu que deux

fois. Mais afin que ces garnements ne puissent pas l'abîmer, j'ai résolu de le coudre moi-même, après avoir fermé les portes, pour que personne ne le voie. Je l'ai coupé tout entier avec les ciseaux; la coupe en effet diffère complètement.

Je ne me souviens pas de la date. Non plus du mois. C'était le diable sait à quel moment.

Le manteau est complètement prêt et cousu. Mavra s'est récriée, quand je l'ai revêtu. Pourtant, je ne suis pas encore résolu à me présenter à la cour; jusqu'à présent, aucune députation n'est venue d'Espagne. Sans envoyés, ce n'est pas convenable; on ne croirait pas à ma dignité. Je les attends d'heure en heure.

Le 1ᵉʳ.

La lenteur des envoyés m'étonne excessivement. Quelles raisons auraient pu les retenir? Serait-ce la France? Oui, c'est la puissance la plus hostile. Je suis allé m'enquérir, à la poste, s'il n'était pas venu d'envoyés espagnols; mais le maître de poste,

très niais, ne sait rien. « Non, » a-t-il répondu,
il n'y a ici aucun envoyé espagnol, mais si vous
désirez écrire une lettre, nous l'expédierons par
la voie accoutumée. » Le diable l'enlève ! Quelle
lettre ? Une lettre, — c'est de la bêtise. Les apo-
thicaires écrivent des lettres, après s'être humecté
la langue de vinaigre, parce que sans cela tout
leur visage serait couvert de dartres.

Madrid. Le 30 fébruaire.

Me voici donc en Espagne, et cela a été si vite
fait, que j'en suis à peine remis. Les délégués espagnols ont paru ce matin devant moi, et je me suis
assis avec eux dans une voiture. La vitesse m'a
paru tout à fait étonnante. Nous avons été si vite
qu'au bout d'une demi-heure nous avons atteint
les frontières espagnoles. D'ailleurs, maintenant,
dans toute l'Europe, les chemins de fer et les ba-
teaux à vapeur vont excessivement vite. Quelle
terre étrange que l'Espagne ! Quand nous avons
pénétré dans la première pièce, j'ai vu alors une
foule de gens aux têtes rasées. J'ai deviné toutefois que ce doivent être ou des grands, ou des sol-

dats, qui pour cela se rasent la tête. Les manières
du chancelier d'Etat m'ont semblé tout à fait
étonnantes ; il m'a pris par la main et m'a poussé
dans une petite chambre, en disant : « Assieds-
toi là, et si tu dis encore que tu es le roi d'Espagne, je t'en enlèverai l'envie. » Mais moi, sachant que ce n'était rien de plus qu'une épreuve,
j'ai répondu par un refus ; alors le chancelier m'a
frappé deux fois d'un bâton dans le dos, si fort que
j'en pensai crier ; mais je me retins, me rappelant
que c'est un usage de chevalerie pour la réception
à un rang élevé ; l'Espagne, en effet, a conservé
jusqu'ici les usages de la chevalerie. Etant resté
seul, je décidai de m'occuper des affaires gouver-
nementales. J'ai découvert que la Chine et l'Espagne ne sont qu'une seule et même terre, et que
c'est seulement par ignorance qu'on les considère
comme des Etats différents. Je conseille à tous
d'écrire exprès sur du papier « Espagne », il en
sortira « Chine ». Un fait, toutefois, m'a extrêmement affligé, qui doit se passer demain. Demain,
à sept heures, aura lieu un événement effrayant :
la terre s'asseoiera sur la lune. Le fameux chi-
miste anglais Wellington a écrit à ce propos. Je

l'avoue, j'ai éprouvé un serrement de cœur, quand je me suis représenté la délicatesse extraordinaire et le peu de solidité de la lune. La lune, en effet, est faite habituellement à Hambourg, et est très mal faite. Je suis étonné que l'Angleterre n'y fasse pas attention. Elle est faite par un tonnelier boiteux, et il est visible que l'imbécile ne possède aucune donnée sur la lune. Il mélange une corde de résine et une partie d'huile d'olive ; et, de là, sur toute la terre, une horreur telle qu'il faut se boucher le nez. Et de là aussi vient que la lune est un globe si fragile, que les gens n'y peuvent vivre, et que maintenant il n'y vit que des nez. Et voilà pourquoi nous ne pouvons pas apercevoir nos nez ; puisqu'ils sont tous dans la lune. Quand je me suis représenté que la terre est une chose pesante et qu'en s'asseyant, elle peut réduire nos nez en farine, alors une telle anxiété s'est emparée de moi, qu'après avoir mis bas et souliers, je me suis hâté vers la salle du Conseil d'Etat, afin de donner ordre à la police d'empêcher la terre de s'asseoir sur la lune. Les grands rasés, dont je trouvai une foule dans la salle du Conseil d'État, sont des gens fort sensés, et lorsque j'eus dit : « Messieurs, sau-

vous la lune, car la terre veut s'asseoir dessus »,
aussitôt ils se précipitèrent pour exécuter mon
désir royal, et un grand nombre grimpa sur un
mur pour atteindre la lune; mais, à ce moment,
entra le grand-chancelier. A sa vue, tous se sau-
vèrent. Moi seul je restai, comme roi. Mais le
chancelier, à ma stupéfaction, me frappa d'un
bâton et me chassa dans ma chambre. Les coutumes nationales ont un tel pouvoir en Espagne !

Janvier de cette même année, qui a suivi fébruaire.

Jusqu'à présent je ne puis rien comprendre à
cette terre d'Espagne. Les coutumes nationales et
les étiquettes de la cour sont tout à fait étranges.
Je ne comprends pas, je ne comprends pas, décidément je n'y comprends rien du tout. Aujour-
d'hui, on m'a rasé la tête, sans s'occuper de mes
cris que je ne voulais pas être moine. Mais je ne
puis plus me souvenir de ce qui m'est arrivé, lorsqu'on a commencé à me verser de l'eau froide sur
la tête. Je n'avais jamais éprouvé un tel enfer.
J'étais prêt à devenir enragé, tellement qu'on pouvait avec peine me contenir. Je ne comprends

nullement le sens de cet usage étonnant. Usage
stupide, insensé! Je ne conçois pas l'inconsé-
quence des rois, qui ne l'ont pas jusqu'à présent
aboli. A en juger à toutes les apparences, je me
demande si je ne serais pas tombé dans les mains
de l'Inquisition, et si celui que j'ai pris pour le
chancelier ne serait pas le grand Inquisiteur lui-
même. Seulement, je ne puis concevoir comment
un roi peut être exposé à l'Inquisition. Cela, à la
vérité, peut provenir de la France, et surtout de
Polignac. Oh! cet animal de Polignac! Il a juré
de me nuire jusqu'à ma mort. Et voilà qu'il me
pourchasse et me persécute; mais je sais, mon
cher, que l'Anglais te conduit. L'Anglais est un
grand politique. Il intrigue partout. Cela est connu
enfin de toute la terre que lorsque l'Angleterre
prise du tabac; alors la France éternue.

Le 25.

Le grand inquisiteur est venu aujourd'hui dans
ma chambre, mais moi, qui avais entendu de loin
ses pas, je m'étais caché sous une chaise. Ne me
voyant pas, il commença à appeler. Il cria d'abord :

«Popristchine! » Je ne répondis pas. Ensuite :
« Akcentii Ivanov! conseiller titulaire! noble! » —
Je me tus encore. — « Ferdinand VIII, roi d'Espagne! » — Je voulais avancer la tête, mais je
pensai ensuite : « Non, frère, tu ne me prendras
pas! nous te connaissons ; tu nous verserais de
nouveau de l'eau froide sur la tête. » Pourtant, il
m'aperçut et me chassa de dessous la chaise avec
son bâton ; le maudit bâton frappe très fort. D'ailleurs, une découverte que je viens de faire m'a dé-
dommagé de tout cela : j'ai reconnu que dans
chaque coq il y a l'Espagne, qu'elle se trouve
sous ses plumes, non loin de la queue. Le grand
inquisiteur, cependant, m'a quitté furieux et me
menaçant d'un châtiment. Mais j'ai méprisé complètement sa méchanceté impuissante, car je sais
qu'il agit comme une machine, comme un instrument de l'Anglais.

El 34 Ms. de l'aᴄеnn ɿɐɹqǝɟ 349.

Non, je n'ai plus la force d'endurer cela. Dieu!
que font-ils de moi? Ils versent sur ma tête de
l'eau froide! Ils ne m'entendent pas, ne me voient

pas, ne m'écoutent pas. Que leur ai-je fait? Pourquoi me persécutent-ils? Que veulent-ils d'un malheureux comme moi? Que puis-je leur donner? Je
ne possède rien. Je suis à bout de forces, je ne
puis endurer tous leurs supplices, la tête me brûle,
et tout tourne devant moi. Sauvez-moi! Empor-
tez-moi! Donnez-moi un troïka (1) aux chevaux
prompts comme la tempête! Assieds-toi, mon cocher; sonne, ma clochette; galopez, chevaux, et
enlevez-moi hors de ce monde! Plus loin, plus
loin, que rien, rien ne soit plus visible. Le ciel
tourbillonne là-bas devant moi, une petite étoile
brille au loin; un bois flotte avec des arbres
sombres et la lune; un brouillard bleu foncé s'é-
tend sous mes pieds; une corde résonne dans le
brouillard; d'un côté la mer, de l'autre l'Italie; et
voici qu'apparaissent les isbas (2) russes. Est-ce
ma maison qui bleuit au loin? Est-ce ma mère
qui se tient devant la fenêtre? Mère, sauve ton
pauvre fils! Verse une larme sur sa petite tête
douloureuse! Regarde, comme on le torture!

(1) Attelage de trois chevaux de front.
(2) Chaumière de paysan.

presse sur ta poitrine ton pauvre orphelin ! Il n'y a plus de place pour lui sur la terre ! on le chasse ! — Mère, aie pitié de ton enfant malade !... Mais, a propos, savez-vous qu'une loupe a poussé sur le nez même du dey d'Alger ?

LA PLACE ENSORCELÉE

LA PLACE ENSORCELÉE

Histoire véritable, racontée par le Sacristain
de l'église de ...ski.

Ma foi, cela commence à m'ennuyer de raconter.
Qu'en pensez-vous ? C'est véritablement assom-
mant : raconte, et raconte encore, et pas moyen
de rester tranquille. Enfin, soit, je vais vous
raconter quelque chose, mais soyez certains que
c'est bien pour la dernière fois. Donc, vous avez
discuté sur ce sujet : que l'homme peut venir à
bout, comme on dit, de l'esprit impur. Cela, assurément, est vrai ; et si on y réfléchit tant soit peu,
on en trouve dans le monde plus d'un exemple.
Pourtant, il vaut mieux ne pas le dire, car, quand

15

la force diabolique a le dessein arrêté de mystifier, alors elle mystifie; en vérité, elle mystifie bien.

En voici une preuve : nous étions quatre en tout chez mon père; j'étais encore benêt, j'avais alors onze ans... mais non, plus d'onze ans, car je me souviens, comme si c'était maintenant, qu'une fois que je courais à quatre pattes et commençais à aboyer, comme les chiens, mon père cria après moi, en secouant la tête : « Eh! Foma, Foma! il est temps de te marier, et tu es encore niais comme un jeune mulet! »

Mon grand-père était encore vivant et, — que les oreilles lui en tintent agréablement! — très solide sur ses jambes. Voilà qu'une fois, il s'avise... Mais à quoi me sert de vous raconter quelque chose? L'un, pendant une heure entière, tisonne dans le poêle, afin d'en retirer un charbon pour sa pipe; l'autre, je ne sais pourquoi, vient de courir vers son magasin. Quoi, vraiment? Si encore on vous forçait, mais c'est vous qui demandez... Écoutez, alors, écoutez!

Mon père, au commencement du printemps, alla en Crimée pour la vente du tabac; je me souviens qu'il en emmena deux ou trois charretées.

Le tabac se payait alors cher. Il prit avec lui un
de mes frères, âgé de trois ans, pour l'habituer de
bonne heure à faire le tchoumak (1); nous res-
tâmes : mon grand-père, ma mère, moi, un frère,
et encore un autre frère.

Mon grand-père commença à ensemencer un
bachtane (2), le long même de la route, et à vivre
dans un kouren (3); il nous garda avec lui pour
chasser les moineaux et les pies de sa plantation.
On ne peut dire que ce fût pénible pour nous : il
nous arrivait, il est vrai, de ne manger, toute une
journée, que des concombres, des melons, des
navets, des oignons, des pois, si bien qu'on eût
dit que des coqs nous chantaient dans le ventre,
à certains moments. Pourtant, parfois, nous reti-
rions quelque bénéfice : les passants étaient nombreux sur la route, chacun avait envie de se régaler
d'un melon d'eau ou d'un melon ordinaire, et des

---

(1) On appelle tchoumaks les voituriers qui vont en
Crimée pour le sel ou sur le Don pour le poisson.

(2) Le bachtane est une plantation spéciale de melons,
pastèques, concombres et similaires.

(3) Un kouren est une cabane en chaume. Chez les
Zaporogues, le kouren était une division du camp mili-
taire. Ici, c'est le premier sens qu'il faut prendre.

hameaux voisins, on nous apportait parfois en
échange, des poules, des œufs, des dindes. Somme
toute, la vie était bonne.

Mais ce qui était le plus agréable pour mon
grand-père, c'est que, chaque jour, passaient une
cinquantaine de tchoumaks avec leurs voitures.
Les gens qui arrivent, vous savez, se mettent toujours à raconter; et alors, ouvre tes oreilles! Et
pour mon grand-père, il ne s'en lassait pas, comme
un homme affamé devant des galouchki (1). Une
fois, il se trouva qu'il se rencontra avec de vieilles
connaissances — qui ne connaissait pas mon grand-
père? — et vous pouvez juger vous-mêmes ce qui
arrive, quand de vieilles gens se trouvent ensemble : et patati, et patata, et ceci, et cela, et
telle chose, et telle autre ; et les souvenirs coulent ;
on se rappelle tout ce qui arriva.

Une fois donc, — et je m'en souviens comme si
cela se passait maintenant, — le soleil commen-
çant déjà à tomber, mon grand-père vint au
bachtane, pour enlever de dessus les melons les

(1) Les galouchki sont des boulettes de pâte cuite de
forme oblongue.

feuilles dont il les protégeait durant le jour, de peur que le soleil ne les brûlât.

— Regarde, Ostap, dis-je à mon frère, voilà qu'arrivent des tchoumaks.

— Où vois-tu des tchoumaks? demanda mon grand-père, en plaçant un guidon sur un superbe melon, pour que les garçons ne le mangeassent pas, par hasard.

Sur le chemin, en effet, passaient six charrettes, au-devant desquelles marchait un tchoumak aux moustaches d'un bleu noir. Arrivé à quelques pas, combien vous dire? peut-être dix, il s'ar-rêta.

— Bonjour, Maxime ! C'est véritablement Dieu qui nous a ainsi amenés à nous rencontrer !

Mon grand-père cligna de l'œil.

— Ah! salut! bonjour! D'où Dieu vous amène-t-il? Et tiens, voilà Boliatchka ! bonjour, bonjour, frère ! Quel diable ! Vous voilà tous ! Kroutotrys-tchenko ! et Petcheryzia ! et Kovelek ! Et Stezko ! Salut ! Ah ! ah ! oh ! oh !...

Et ils se mirent tous à s'embrasser.

On détela les bœufs et on les laissa paître dans l'herbe ; les charrettes restèrent sur la route ; et

les amis s'assirent tous en cercle devant le kouren,
et allumèrent leurs pipes.

Après la collation, mon grand-père se mit à
régaler ses hôtes de melons. Chacun, prenant son
melon, l'éplucha proprement du couteau (car
c'étaient tous de rusés compagnons, très dégrossis,
et sachant comme on mange dans le monde,
prêts à s'asseoir immédiatement à la table d'un
pan (1). Cette opération faite, chacun fit un
trou avec le doigt, but le jus qui coulait, coupa
ensuite la chair en tranches et la mit dans sa
bouche.

— Et pourquoi donc, garçons, dit mon
grand-père, êtes-vous là, bouche bée ? Dansez,
fils de chiens (2) ! Où est ton chalumeau, Ostap ?
A la Kozatchka (3) ! Foma, les poings aux hanches !
Allons ! Comme cela ! Hé ! hop !

J'étais alors une petite mouvette. Maudite vieillesse ! Maintenant, je ne puis plus ; au milieu de
tous les pas compliqués, mes jambes ne font que

(1) Seigneur polonais.
(2) Expression amicale, empreinte d'un peu de brus-
querie, mais sans autre portée, en Russie.
(3) Danse nationale des Kosaks.

trébucher. Mon grand-père nous regarda longtemps, assis avec les tchoumaks. Je crois bien
que ses jambes ne pouvaient rester en place et
qu'il y éprouvait des élancements.

— Regarde, Foma, dit Ostap, si le vieux bar-
bon ne va pas se mettre à danser!

Que croyez-vous? Il ne put achever ses paroles;
le vieux ne lui en laissa pas le temps. Il voulait,
vous comprenez, se distinguer devant les tchoumaks.

— Tenez, fils du diable! Est-ce ainsi qu'on
danse? Voilà comme il faut danser! dit-il, s'étant
élevé sur les jambes, les mains tendues et frappant des talons.

Vraiment, il n'y avait rien à dire, il dansait
comme s'il eût conduit la femme de l'hetman (1).
Nous nous rangeâmes de côté, et le vieux se mit
à tourner avec les jambes sur la place unie qui
était le long des couches de melons. Mais quand
il arriva vers le milieu et voulut s'amuser à tourner
vite sur les pieds — voilà que ses jambes soudain
ne marchent plus, et plus rien! Quelle affaire! Il

_____

(1) Le grand chef des Kosaks.

se redressa de nouveau, arriva jusqu'au milieu, — et cela ne marcha plus ! Et rien à y faire, cela n'allait plus, et décidément, cela n'allait plus ! Les jambes semblaient en bois.

—En voilà une place ensorcelée ! Quelle machination satanique ! Sûrement, Hérode, l'ennemi du genre humain, s'en mêle !

Mais, comment se couvrir de honte devant les tchoumaks ? Il s'élança de nouveau, et commença à danser en détail, doucement, très bien ; mais au milieu, — non ! il ne danse plus ! Plus moyen !

— Ah ! fourbe de Satan ! Puisses-tu t'étrangler d'un melon pourri. Et en mourir à petits coups, fils de chien ! Voyez quelle honte il a préparée pour ma vieillesse !

A ce moment, un éclat de rire retentit derrière lui.

Il se retourna : plus de bachtane, plus de tchoumaks, rien ; par derrière, par devant, sur les côtés, — la rase campagne.

— Eh ! en voilà bien une autre !

Il se mit à cligner de l'œil ; — la place, semblait-il, n'était pas complètement inconnue : sur le côté, un bois dont saillait une sorte de perche visible au loin dans le ciel. Quelle histoire ! C'était bien le pigeonnier que le pope a dans son potager ! De l'autre côté, quelque chose de grisâtre ; il regarde : c'était l'enclos des meules de blé du greffier de volost (1). Où donc l'a entraîné la force impure ! Ayant fait un grand détour, il se trouva dans un sentier. La lune avait disparu, une tache blanche brillait à sa place, à travers un nuage.

« Il y aura grand vent demain ! » pensa mon grand-père.

Soudain, sur le côté du sentier, dans un trou, brilla une lueur.

— Tiens !... Mon grand-père s'arrêta, mit ses mains au-dessus des yeux et regarda : la lueur s'éteignit ; et, plus loin, à peu de distance, une autre s'alluma.

— Un trésor ! s'écria mon grand-père, je parierais, Dieu sait quoi, que c'est un trésor !

Et il commença à cracher dans ses mains, afin de creuser ; mais il réfléchit qu'il n'avait ni pioche ni pelle : « Eh ! c'est dommage ! Car, — qui sait ?

(1) La volost est une circonscription territoriale correspondant à peu près à notre canton.

— le gazon vaut peut-être bien la peine d'être re-
tourné, et peut-être se tient-il là, le pigeonneau !
Rien à faire, sinon marquer la place, pour la re-
trouver ensuite. »

Ayant pris une branche d'arbre assez forte,
brisée apparemment par l'orage, il la fixa sur le
trou où brillait la lueur, et reprit le sentier. Le
petit bois de chênes commença à s'éclaircir; une
haie apparut. « C'est bien cela ! ne le disais-je pas?
pensa mon grand-père, que c'était le potager du
pope! Voilà l'entourage! Maintenant, il n'y a plus
une verste (1) jusqu'au bachtane. »

Un peu tard, pourtant, il revint à la maison, et
ne voulut pas manger de galouchki. Il réveilla
seulement mon frère Ostap, lui demanda si les
tchoumaks étaient partis, et s'enveloppa dans son
touloupe (2). Et quand Ostap voulut lui demander :
« Où donc, grand-père, les démons t'ont-ils
emmené? » — « N'interroge pas, » répondit-il,
s'enveloppant encore davantage, « ne m'interroge
pas, Ostap, car tu en blanchirais ! »

(1) La verste est une mesure de longueur valant 1 kilo-
mètre 067.
    2) Petite souquenille.

Et il se mit à ronfler tellement fort que les moineaux, qui s'étaient glissés dans le bachtane, s'envolèrent de frayeur. Où prenait-il de dormir ainsi? On ne peut le dire, mais c'était un vieux rusé, et, — que Dieu lui donne le royaume céleste! — il savait toujours se tirer de tout. Une autre fois, il renifla une telle chanson, qu'on se mettait à se mordre les lèvres.

Le lendemain, à peine le jour commença-t-il à tomber dans la campagne, que mon père revêtit une svitka (1), mit sa ceinture, prit sous son bras une pioche et une pelle, plaça son chapeau sur sa tête, but un gobelet de kvass fait avec des grains, essuya ses lèvres du pan de son habit et partit tout droit vers le potager du pope. Il atteignit la haie et le petit bois de chênes. Au milieu des arbres serpentait le sentier qui conduisait dans la campagne : c'était bien le même, lui parut-il. Il entra dans la plaine — c'était bien la place de la veille; voici le pigeonnier qui se dresse en l'air; mais l'enclos n'est pas visible. « Non, ce n'est pas l'endroit; ce doit être plus loin; il faut,

(1) Pelisse de mouton.

apparemment, tourner vers l'enclos. Il retourna en arrière, et prit un autre chemin; — l'enclos apparut, mais plus de pigeonnier! Il revint de nouveau vers le pigeonnier, — l'enclos disparut. Il recourut vers l'enclos, — le pigeonnier s'éclipsa; vers le pigeonnier, — l'enclos n'était plus là.

— Ah! maudit Satan, que n'as-tu attendu un moment!

La pluie tombait à verse.

Ayant enlevé ses souliers neufs et les ayant enveloppés dans son mouchoir, pour que la pluie ne les abîmât pas, il revint au galop, tel que le cheval amblier d'un Pan. Il entra dans le kouren, tout traversé par l'eau, se couvrit du touloupe et se mit à grommeler quelque chose entre ses lèvres et à caresser le diable de telles expressions, que je n'en avais pas encore entendu de pareilles. Je l'avoue, certainement, j'en aurais rougi, si cela s'était passé en plein jour.

Quand je me réveillai le lendemain, et que je regardai, je vis mon grand-père se diriger vers le bachtane, comme si rien n'était, et recouvrir les melons d'eau avec des feuilles de bardane. Après le repos, le vieux se mit à causer; il tâcha d'effrayer mon jeune frère, en le menaçant de l'échanger contre des poules, à la place d'un melon d'eau, puis, ayant dîné, il se fabriqua un sifflet et joua avec ; il nous donna ensuite pour nous amuser un melon, recourbé en trois, comme un serpent, qu'il appelait melon de Turquie.

Maintenant je ne retrouve plus de semblables melons; il est vrai que les semences lui en venaient de loin.

Sur le soir, quand il fit nuit, mon grand-père alla avec sa pioche creuser une nouvelle couche pour des citrouilles tardives. Il commença à traverser doucement l'endroit ensorcelé, et ne put se retenir de dire entre ses dents : « Maudite place ! » et de colère il le frappa de sa pioche. Aussitôt, — autour de lui il voit la campagne : d'un côté le pigeonnier se dresse, et de l'autre l'enclos.

— Allons ! parfait ! j'ai été bien avisé de prendre ma pioche. Et voilà le sentier ! Et ici le trou ! Et voici la branche plantée ! Et tiens, la lueur brille ! Il n'y a pas à s'y tromper !

Et doucement il s'avança, la pioche haute, comme s'il voulait en frapper la cabane, élevée près du bachtane, et s'arrêta devant le trou. La lueur s'éteignit ; dans le trou gisait une pierre, recouverte d'herbe.

« Il faut soulever cette pierre! » pensa mon grand-père ; et il se mit à creuser tout autour. Maudite grande pierre! Pourtant, en s'arc-boutant fortement des pieds sur le sol, il la poussa hors du trou. Hou! la vallée en résonna. « Va-t'en par là ! maintenant, l'affaire va aller plus vite! »

Ici, mon grand-père s'arrêta, tira sa tabatière, versa du tabac sur son poing, et s'apprêtait à le renifler, quand, tout à coup, au-dessus de sa tête, « tchii! » éternua quelqu'un, si fort que les arbres s'inclinèrent et que tout le visage de mon grand-père fut éclaboussé.

— On se tourne de côté, au moins, quand on veut éternuer! grogna-t-il, en se frottant les yeux.

Il regarda alentour, — absolument rien !

— Non, le diable sûrement n'aime pas le tabac ! continua-t-il, en remettant sa tabatière dans sa poitrine, et reprenant sa pioche :

— C'est un imbécile, car jamais son aïeul ni son père n'en humèrent de pareil !

Il se mit à creuser; le sol était tendre, et la pioche s'en retirait facilement. Quelque chose résonna; ayant rejeté la terre, il vit une marmite.

— Ah! pigeonneau, te voilà donc! s'écria mon grand-père en glissant la pioche par-dessous.

— Ah! pigeonneau, te voilà donc, piaula un bec d'oiseau, en frappant la marmite.

Mon grand-père s'écarta, en lâchant la pioche.

— Ah! pigeonneau, te voilà donc! bêla une tête de mouton, au sommet d'un arbre.

— Ah! pigeonneau, te voilà donc, grommela un ours, en sortant son museau, de derrière un arbre.

Un frisson traversa mon grand-père.

— Il est vraiment terrible de parler ici! grogna-t-il en lui-même.

— Vraiment terrible de parler ici! glapit le bec d'oiseau.

— Terrible de parler ici! bêla la tête de mouton.

— Terrible de parler ici! grommela l'ours.

— Hein! fit mon grand-père; — et il s'en effraya lui-même.

— Hein! piaula le bec.

— Hein! bêla le mouton.

— Houm! grommela l'ours

Plein de terreur, mon grand-père se retourna.
Mon Dieu, quelle nuit! ni étoiles, ni lune ; alentour, des terres éboulées; sous les jambes, un trou
sans fond ; au-dessus de sa tête est suspendue une
montagne, et, semble-t-il, elle va lui tomber dessus! Mais ce qui étonne le plus mon grand-père,
c'est qu'une figure très laide s'en détache et le regarde : hou! hou! un nez, — comme un soufflet
de forge ; des narines, — comme si l'on eût versé
dans chacune un védro (1) d'eau! des lèvres, vraiment, comme deux troncs d'arbre ! des yeux
rouges roulaient au-dessus, et, de plus, la langue
s'avançait pour le harceler!

— Le diable soit avec toi ! dit mon grand-père,
en lâchant la marmite. Garde ton trésor ! Quelle
horrible gueule !

Et déjà il s'élançait pour s'enfuir; mais il regarda et s'arrêta, en voyant que tout était rede-
venu comme auparavant.

— C'est la force impure qui a voulu m'effrayer!

Il revint de nouveau vers la marmite, — non!
elle est lourde! Que faire? On ne peut pourtant

(1) Mesure de la contenance de 12 litres 290.

pas la laisser là? Et, ayant rassemblé toutes ses
forces, il la saisit avec les mains : « Allons! d'un
coup! d'un coup! encore! encore! » et il la retira
du trou.

— Ouf! je vais à présent prendre une prise de
tabac!

Il prit sa tabatière. Avant d'en verser, il regarda
bien s'il n'y avait personne. Personne, lui sembla-
t-il; mais voilà qu'il fut stupéfait en voyant le
tronc d'un arbre haleter et respirer, des oreilles
apparaître, des yeux rouges briller, des narines se
gonfler, un nez se froncer et se préparer à éternuer.

— Non, je ne priserai pas de tabac! pensa mon
grand-père, en cachant sa tabatière; cela entrerait
encore dans les yeux de Satan!

Il saisit au plus vite la marmite et se mit à courir, à perdre haleine; il sentait derrière lui quelqu'un lui frapper les jambes d'une baguette.

— Aïe! aïe! criait mon grand-père, en courant
de toutes ses forces; comme il atteignait le potager
du pope, alors seulement il reprit un peu haleine.

. . . .

Où donc le grand-père est-il tombé? pensions-
nous en l'attendant trois heures durant. Déjà notre

16

mère était venue du hameau et avait apporté un pot plein de galouchki chauds. Non, pas de grand-père ! Nous commençâmes à souper tout seuls. Après le repas, la mère lava le pot et chercha des yeux où elle pourrait jeter la rinçure, car tout alentour étaient des couches de melons ; en regardant ainsi, elle vit juste en face d'elle une marmite. Le ciel était déjà sombre. Elle pensa qu'un garçon, pour faire une niche, l'avait cachée par derrière et la poussa.

— Voilà juste ce qu'il me faut pour y jeter ma rinçure ! dit-elle ; et elle y versa la rinçure chaude.

— Aïe ! cria une voix de basse. — On regarda : c'était le grand-père. Qui s'en serait douté ? « Ma foi, pensâmes-nous, il va être furieux ! » Je l'avoue, quoique ce fût un peu coupable, pourtant, on se mit à rire, quand la tête blanche de mon grand-père apparut toute trempée de rinçures et couverte d'écorces de melons et de pastèques.

— Voyez ! cette femme du diable ! cria-t-il en s'essuyant la tête d'un pan de son vêtement ; comme elle m'a échaudé ! ainsi qu'un porc avant la Noël ! Allons, garçons, vous ne mangerez plus maintenant que des boubliki (1). Vous irez, fils de chiens, en caftans dorés! Regardez donc, regardez là, ce que je vous apporte! Et il ouvrit la marmite.

Que pensez-vous qu'il y eût dedans? Allons, dites un peu, après avoir bien réfléchi; donc? de l'or? Et justement ce n'était pas de l'or, mais des ordures, des saletés, et des choses qu'on a honte de nommer.

Mon grand-père cracha (2), jeta la marmite, et se lava ensuite les mains. Depuis ce temps, il fit, ainsi que nous, le serment de ne plus jamais écouter le diable.

— Et n'y songez pas! nous disait-il parfois, tout ce que dit l'ennemi de Notre-Seigneur le Christ, tout cela est mensonge; le fils de chien! il n'y a pas en lui pour un kopek (3) de vérité!

Et parfois, quand le vieillard apercevait quelque chose d'insolite à la même place :

— Eh! Allons! compagnons, signez-vous! nous

(1) Gâteaux.
(2) Cracher est un signe de mépris, en Russie. Les Russes usent beaucoup de ce geste.
(3) Pièce de monnaie de cuivre valant 0 fr. 025; c'est la centième partie du rouble.

criait-il, comme cela! parfait!; et il se mettait à placer des croix.

Quant à la place ensorcelée, où l'on ne pouvait danser, il l'entoura d'une haie et nous ordonna d'y jeter toutes les ordures, herbes et saletés, qu'on ôtait du bachtane.

Et voilà comme la force impure mystifie l'homme! Je connais très bien cette terre : plus tard, des Kosaks voisins la louèrent à mon père, près du bachtane. C'est une terre excellente, et toujours y pousse une récolte abondante, presque miraculeuse. A l'endroit ensorcelé seul, jamais rien de bon n'a poussé. On l'ensemence comme il faut; mais ce qu'il en sort est impossible à expliquer : le melon d'eau — n'est pas un melon d'eau; la citrouille — n'est pas une citrouille; le concombre — n'est pas un concombre; le diable seul sait ce que c'est.

FIN

TABLE DES MATIÈRES

ÉMILE COLIN — IMPRIMERIE DE LAGNY

Extrait du Catalogue de la Librairie
E. FLAMMARION, Éditeur, rue Racine, 26
PARIS

AUTEURS CÉLÈBRES
A 60 CENTIMES LE VOLUME

La collection des *Auteurs célèbres* à **60** centimes le volume a été créée en 1887. Son but est de mettre entre toutes les mains de bonnes éditions des meilleurs écrivains modernes et contemporains. Avec des caractères très lisibles, sous un format commode et digne de tenir une belle place dans toute bibliothèque, il parait chaque semaine un volume qui constitue toujours un tout complet. Depuis la fondation de cette publication, plus de **cinq millions d'exemplaires** ont été répandus dans l'univers. Elle a exercé une influence incontestablement heureuse sur la diffusion du goût de la lecture dans toutes les classes de la société, en même temps qu'elle a propagé à l'étranger l'usage et l'action de la langue française. C'est là un beau résultat.

Voici la nomenclature complète des ouvrages composant à ce jour la collection des *Auteurs célèbres*, à laquelle collaborent toutes nos célébrités.

AICARD (JEAN)............ Le Pavé d'Amour.
ALARCON (A. DE)......... Un Tricorne. (Trad. de l'espagnol.)
ALEXIS (PAUL)........... Les Femmes du père Lefèvre.
ARCIS (CH. D')........... La Correctionnelle pour rire.
— La Justice de paix amusante.
ARÈNE (PAUL)............ Le Canot des six Capitaines.
— Nouveaux Contes de Noël.
AUBANEL (HENRY)........ Historiettes.
AUBERT (CH.)............ La Belle Luciole.
— La Marieuse.
AURIOL (GEORGES)....... Contez-nous ça!
BEAUTIVET.............. La Maîtresse de Mazarin.

BELOT (ADOLPHE)......... Deux Femmes.
—   Hélène et Mathilde.
—   Le Pigeon.
—   Le Parricide.
—   Dacolard et Lubin.
BELOT (A.) ET DAUDET (E.). La Vénus de Gordes.
BELOT (A.) ET DAUTIN (J.). Le Secret terrible.
BERTHET (ÉLIE).......... Le Mûrier blanc.
BERTOL-GRAIVIL.......... Dans un Joli Monde { Les Deux
—   Venge ou Meurs   { (Criminels)
BIART (LUCIEN)......... Benito Vasquez.
BLASCO (EUSEBIO)....... Une Femme compromise. (Trad.
                de l'espagnol.)
BOCCACE............... Contes.
BONNET (ÉD.)........... La Revanche d'Orgon.
BONNETAIN (PAUL)...... Au Large.
—   Marsouins et Mathurins.
BONSERGENT (A.)........ Monsieur Thérèse.
BOSQUET (E.).......... Le Roman des Ouvrières.
BOUSSENARD (L.)....... Aux Antipodes.
—   10,000 ans dans un bloc de glace.
—   Chasseurs canadiens.
BOUVIER (ALEXIS)....... Colette.
—   Le Mariage d'un Forçat.
—   Les Petites Ouvrières.
—   Mademoiselle Beau-Sourire.
—   Les Pauvres.
—   Les Petites Blanchisseuses.
BRÉTIGNY (P.).......... La Petite Gabi.
CAHU (THÉODORE)....... Le Sénateur Ignace.
—   Le Régiment où l'on s'amuse.
—   Combat d'Amours.
CANIVET (CH.).......... La Ferme des Gohel.
CASANOVA (J.).......... Sous les Plombs.
CASSOT (C.)........... La Vierge d'Irlande.
CAZOTTE (J.).......... Le Diable Amoureux.
CHAMPFLEURY.......... Le Violon de faïence.
CHAMPSAUR (F.)........ Le Cœur.
Chanson de Roland (La).
CHATEAUBRIAND........ Atala, René, Dernier Abencéra
CHAVETTE (EUGÈNE)..... La Belle Alliette.
—   Lilie, Tutue, Bebeth.
—   Le Procès Pictompin.

8

SOULIÉ (FRÉDÉRIC)...... Le Lion amoureux.
SPOLL (E.-A.)........... Le Secret des Villiers.
STAPLEAUX (L.)......... Le Château de la Rage.
STERNE................. Voyage sentimental.
SWIFT................. Voyages de Gulliver.
TALMEYR (MAURICE).... . Le Grisou.
THEURIET (ANDRÉ)....... Le Mariage de Gérard.
    —   Lucile Désenclos. — Une Ondine.
    —   Contes tendres.
TOLSTOI (COMTE LÉON)... Le Roman du Mariage.
    —   La Sonate à Kreutzer.
    —   Maître et Serviteur.
TOUDOUZE (G.).......... Les Cauchemars.
TOURGUENEFF (I.)....... Devant la Guillotine.
    —   Récits d'un Chasseur.
    —   Premier Amour.
UZANNE (OCTAVE)....... La Bohème du cœur.
VALLERY-RADOT......... Journal d'un Volontaire d'un an.
                     (Ouvrage couronné.)
VAST-RICOUARD......... La Sirène.
    —   Madame Lavernou.
    —   Le Chef de Gare.
VAUTIER (CL.)...... .... Femme et Prêtre.
VEBER (PIERRE)......... L'Innocente du Logis.
VIALON (P.)............ L'Homme au Chien muet.
VIGNON (CLAUDE)....... Vertige.
VILLIERS DE L'ISLE-ADAM. Le Secret de l'Échafaud.
VOLTAIRE.............. Zadig. — Candide. — Micromégas.
XANROF. .... Juju.
YVELING RAMBAUD....... Sur le tard.
ZACCONE (PIERRE)....... Seuls!
ZOLA (EMILE).......... Thérèse Raquin.
    —   Jacques Damour.
    —   Jean Gourdon.
    —   Sidoine et Médéric.
    —   Nantas.
    —   La Fête à Coqueville.
    —   Madeleine Férat.

(Envoi franco contre mandat ou timbres-poste français.)

ÉMILE COLIN — IMPRIMERIE DE LAGNY

AVIS DE L'ÉDITE~~

Le but de la collection des *Auteurs célèbres*, à **60** *centimes* le volume, est de mettre entre toutes les mains de bonnes éditions des meilleurs écrivains modernes et contemporains.

Sous un format commode et pouvant en même temps tenir une belle place dans toute bibliothèque, il paraît chaque quinzaine un volume.

CHAQUE CUVRAGE EST COMPLET EN UN VOLUME

POUR LES Nᵒˢ 1 A 340, DEMANDER LE CATALOGUE SPÉCIAL

En jolie reliure spéciale à la collection, 1 fr. le volume.

ENVOI FRANCO CONTRE MANDAT OU TIMBRES-POSTE

Imprimerie LAUCAS, rue de Fleurus, 9, à Paris.

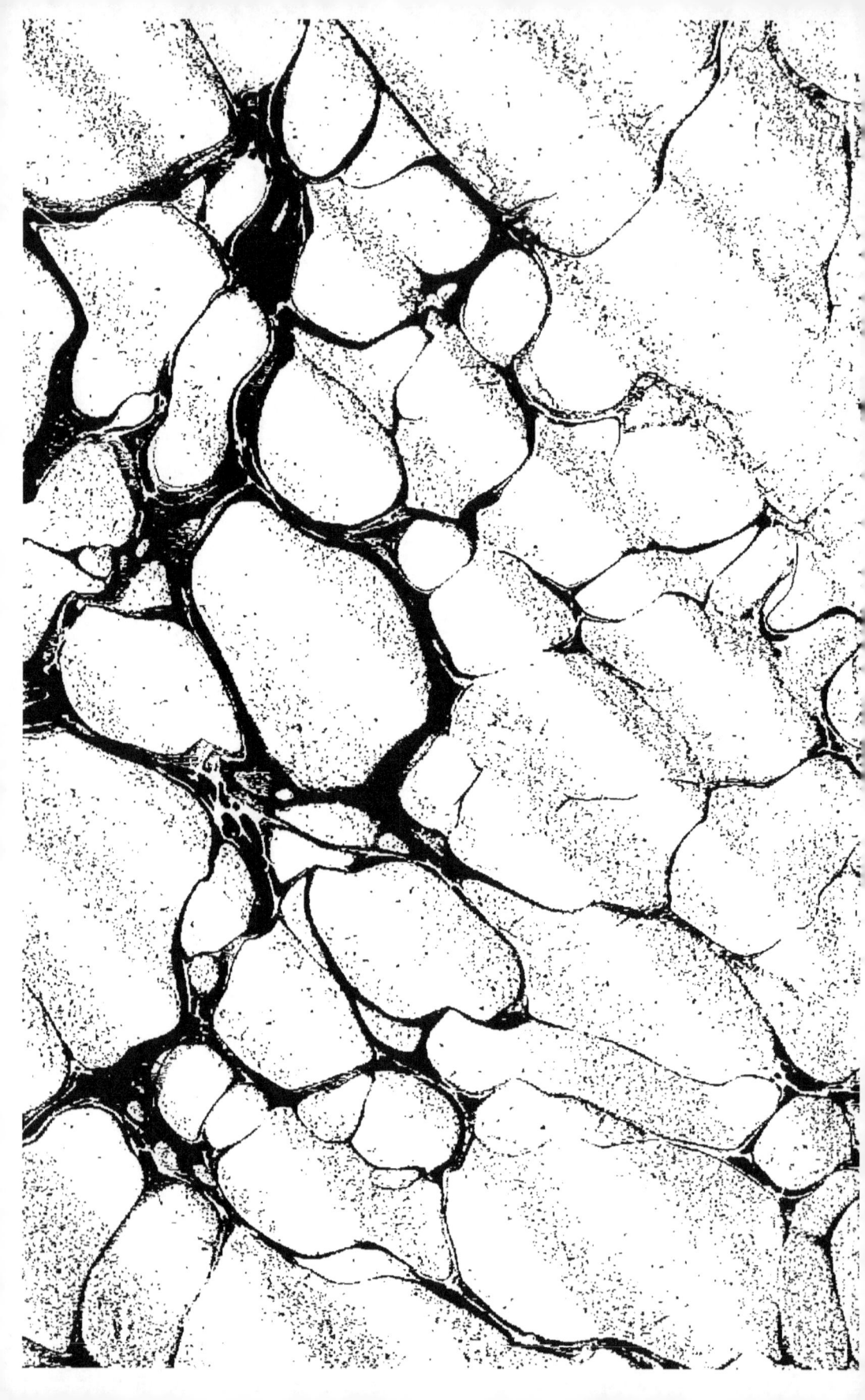

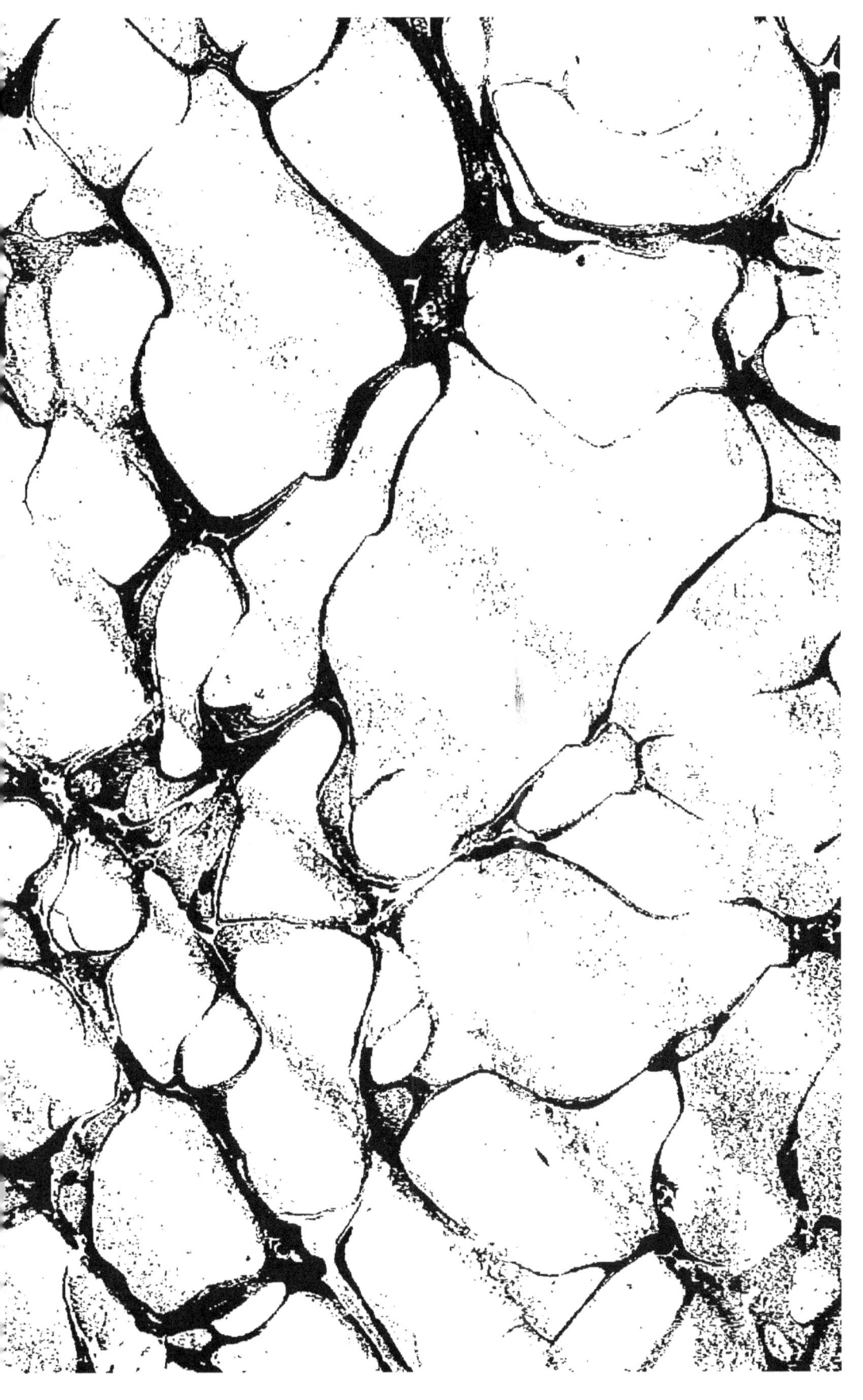